Yr Eithin Pigog

Eileen Beasley

Er cof am Trefor,
ac i Elidyr a Delyth
a gadwodd fy myd yn grwn.

Diolch i'r canlynol am gyhoeddi:

Diwrnod i'w Gofio — *Barn* Tachwedd 1968
Y Tân sy'n Puro — *Y Wawr* Gwanwyn 1973
Pryder — *Taliesin* Hydref 1984

Hefyd diolch i'r Dr. John Rowlands a John Emyr am
eu cymorth parod ac i Valerie Hanley a
Leigh Verrill-Rhys am deipio'r llawysgrifau.

Yr Eithin Pigog

Argraffiad cyntaf: Mai 1997
⊕ Hawlfraint Eileen Beasley, 1997
Argraffiad print bras: Chwefror 1998

Golygydd: Delyth Prys

Rhif Llyfr Rhyngwladol: 0 86243 465 3

Cyhoeddwyd dan gynllun Llyfrau Print Bras
Cyngor Llyfrau Cymru

Cyhoeddwyd yng Nghymru
ac argraffwyd ar bapur di-asid a rhannol eilgylch
gan Y Lolfa Cyf., Talybont, Ceredigion SY24 5AP
e-bost ylolfa@ylolfa.com
y we http://www.ylolfa.com
ffôn (01970) 832 304
ffacs (01970) 832 782
isdn (01970) 832 813

CYNNWYS

RHAGAIR

Roedd y Beasleys wedi gadael Llangennech cyn i fi symud yno i fyw yn 1965. Fe wyddwn, wrth gwrs, am eu safiad cyn cyrraedd y fro, ond mae byd o wahaniaeth rhwng gwybod am brotestwyr arloesol ac adnabod pobol. Yn Llangennech fe gefais glywed storïau am deulu'r Beasleys gan gyfeillion iddynt a sylweddoli mor bentrefol liwgar oedd eu Cymreictod.

Rwy'n cofio'r hen ffrind Ifor Gwyn yn dweud: "Fe Trefor oedd y llong hwylie ond Eileen oedd yr angor". Roedd ganddo storïau gwneud-mochyn-i-wherthin am Trefor.

Jim Griffiths, A.S. yn dod i'r Hendy i annerch cyn etholiad a Trefor yn mynd lan i heclo:

Jim Griffiths: "Annwyl gyd-withwrs…"

Trefor: "Chodest ti ddim digon o lo i ferwi wy!"

Pawb arall: "Mâs ag e, mâs â hwnna!"

A mâs aeth e yn fuddugoliaethus.

Trefor yn sefyll etholiad lleol ac yn trefnu canfasio ar sgwâr y pentref. Rhoi digon o waith i Ifor Gwyn a'i bartner, Glynwyn, i'w cadw ar eu traed drwy'r nos.

"Pwy strydoedd wyt ti Trefor am gnoco te?"

"Weda i wrthoch chi bois, dyw câl i weld yn cnoco dryse yn gneud dim lles i urddas ymgeisydd. Fe drefna i, cnocwch chi".

Trefor yn gapten y tîm criced ac yn gwisgo mwffler gwyn a dal sigaret holder rhwng ei ddannedd er mwyn cael bod yr un sbit â Douglas Jardine. A chan gymaint ei ddirmyg at ddoniau ei gyd-chwaraewyr yn mynnu bowlio'r ddau ben a'u hurto drwy sôn am 'silly point' a 'short leg' a 'long on'. Ar gae Pontyberem roedd da wedi bod wrthi'n ddiwyd yn achlesu'r 'outfield' a phan oedd ar duth o fôn y clawdd tua'r wiced, wele'r 'demon bowler' ar ei hyd mewn cachfa. Ac meddai Neville King yn y 'slips' wrth Ifor Gwyn:

"Diolch i Dduw am ambell i 'short horn', weda i."

Cwrddais ag ef droeon pan ddôi nôl i'w hen bentref i adnewyddu'r gyfeillach. Ie, llong hwyliau o ddyn, heb os, ond roedd yna gyfoeth o Gymreictod yn yr howld, a digon o falast gweledigaeth a phenderfyniad i wynebu stormydd.

Y mae'r casgliad hwn wedi'i gyflwyno gan Eileen er cof am Trefor, ac i'w plant, Elidyr a Delyth, "a gadwodd fy myd yn grwn". Storïau Marged ydynt, storïau am "angor" arall o wraig, ac y mae iddynt wedd hunangofiannol ddigamsyniol. Fe'u nodweddir gan ryw symlder syber a chan fath o ymwybod diolchgar â braint a phleser magu teulu a byw'n glòs at natur. Waeth beth am bigau'r eithin y gŵyr Marged yn dda am eu pigiadau wrth geisio byw, y mae ganddi afael ar werthoedd a chred fod mwy i fywyd na'i dymhorau daearol.

Nid oes dim syfrdanol yn digwydd yn y

storïau hyn; nid oes dim byd sioclyd na dim chwarae i'r galeri. Er cryfed yw argyhoeddiadau'r awdur ynglŷn â nifer o bynciau, y mae – at ei gilydd – wedi llwyddo i ymatal rhag traethu arnynt yn hytrach na'u dadlennu. Cadw bywyd yn grwn – yn ŵar – dyna yw camp byw i Marged ac onid dyna oedd holl bwrpas safiad y Beasleys ers talwm, gan gynnwys gwasanaeth Eileen fel cynghorwraig i'w chymuned.

Aeth ati i ddiogelu crynder Cymreictod yn ei rhan hi o'r byd, a pharhad o'r un ymdrech nobl yw'r casgliad hwn o storïau. Mewn gwirionedd, yn y storïau hyn y ceir hanes mewnol y brotest enwog gynt ac y mae'n dda calon gen i gael y cyfle i ddiolch i Eileen amdanynt.

HYWEL TEIFI EDWARDS
29 Mawrth 1996

Diwrnod i'w Gofio

Dim ond pedwar o'r gloch y bore, a chafodd Marged gip ar y wawr lwydlas drwy'r agen yn y llenni. Dyna wewyr mwy nerthol, a gwthiodd y gobennydd o dan ei chluniau. Siawns y gallai ddal tan chwech heb ddihuno neb. Ddoe, wedi clywed y sodlau bach dan ei hais, daeth tonnau o anwylder drosti tuag at ei phlentyn. Neithiwr wedi'r argoel, aeth ati i smwddio'r dillad bach olaf, a gadawodd lond hors i galedu o flaen y marwydos. Lwc iddi olchi a thrin ei gwallt ddoe, a'r geni mor agos.

Dyna blwc arall. Trueni bod yn rhaid iddi esgor ar blentyn yn nhŷ ei mam-yng-nghyfraith hefyd. Oherwydd nerfau Mari, ceisiodd yn daer am le mewn ysbyty, ond adeg ffasiynol o'r flwyddyn oedd hi, a'r ysbytai yn debyg o fod yn rhy lawn i rywun normal, iachus fel hyhi. Cofiodd yn ddig, wedi iddi fethu â chael addewid am wely, fel yr aeth ei mam-yng-nghyfraith i'r Chwaeroliaeth, ac fel y dywedodd yn awgrymog wrth y nyrs ei bod am gael gair â hi yn dawel bach; a'r menywod eraill, y rhai cegog â hwy yn dweud:

"I dro fe Mari? I fe'n dishgwl te?"

Ond Chwaeroliaeth neu beidio, methu a wnaeth Nyrs Bowen â sicrhau gwely iddi.

"A ma fe'n gwbod shwt ma'n nerfe i!"

Griddfan yn awr a throi ar draws y gwely nes dihuno Gruff.

"Beth sy'n bod?"

"Tipyn o boene."

"Wyt ti am ifi godi i hôl paned o de?"

"Na, dim eto, Gruff. Cer i gysgu. Dim ond pum munud i bump yw hi."

Ond pur anesmwyth oedd hi erbyn hyn. Yr oedd hi'n sicr mai bachgen fyddai. Nid oedd wedi meddwl yn wahanol trwy'r cyfnod disgwyl. A dyma hi'n ddydd Sul. Dal i droi a throsi. Cododd Gruff i eistedd wrth erchwyn y gwely gan danio ffag. Ar hyn dyna lais Mari:

"Hei! Dwyt ti ddim yn smocio yn dy wely, wyt ti?"

"Na, mam, ond Marged sydd ddim yn dda."

Sŵn siffrwd neilon a chyn pen eiliad, i mewn â hi gan gynnu'r golau.

"Pam na fuasech chi'n gweud, Marged? Does dim gwely yn barod. Gallai Gruff ac Ifan fod wedi cario'r gwely i lawr i'r parlwr. A nawr do's dim yn barod. Ifan, dere mlâ'n. Ma'r groten Marged yma'n dost, a mae eisiau cario'r gwely i'r parlwr."

Daeth Ifan i mewn a'i lygaid yn gysglyd goch, yn ei grys gwlanen, gan rwyfo'i freichiau wrth wisgo'i fresys. Hen ŵr nobl, yn barod iawn ei gymwynas pan fyddai taro oedd Ifan. Chwarae teg, nid oedd disgwyl cael y gwely'n barod, a hwythau'r pâr ifanc yn byw yn y parlwr bach.

Braidd roedd y dydd wedi gwynnu cyn i Mari ddanfon ei mab i helcyd y nyrs.

"Mi goda i yn awr."

"O na," brysiog wrth Mari. "Raid ichi ddim cyffro. Arhoswch chi fan na. Cer di, Ifan, lan at Buddug i ofyn a ddaw hi i lawr i'n tŷ ni, bod Marged wedi mynd iddi hamser. Rwyt ti'n gwybod mod i ddim ffit i roi help llaw gyda geni babi!"

Para i dipian a wnâi'r hen gloc. Pawb yn mynd a dod, a hithau'n gaeth yn ofni symud gewyn. O'r diwedd dyma'r drws oddi tanodd yn agor yn sydyn.

"Shwt ma'r bobol ma? Wel dyma dân neis. Gwna, mi gymera i gwpaned o de."

Yna clywodd sŵn traed yn esgyn, a'r bag du yn cael ei wthio i mewn trwy'r drws.

"Wel hywyr bach! Beth yw'r holl gelfi yma? Fe fydd yn rhaid i hanner y rhain fynd ma's."

"I ble, nyrs?"

"O, i lawr ale'r ardd, rhywle!"

Meddyliodd Marged am y stribedi culion o erddi a ymestynnai o gefn tai'r gweithwyr yn Nhal Sawdde at yr afon lle'r ymfalchïai pob perchennog yn ei gnotyn toreithiog a'i ieir o frid.

"Mae'r gwely yn y parlwr, nyrs," meddai'i mam-yng-nghyfraith yn benderfynol.

I lawr â hi dros y grisiau cul, a Nyrs Bowen wrth ei chwt.

"Beth! Hwnna?" clywai lais gwichlyd y nyrs. "Wfft i shwt wely. Ond gwely plentyn yw hwnna!"

Wel myn hyfryd i, meddyliai Marged, a chofiai yn burion fel y daeth y nyrs yn hwyr i'r tŷ ar frys mawr i weld bod "popeth yn iawn."

"Dewch i weld yr ystafell wely, nyrs."

"Na'n wir. Rwy ar ras eisiau mynd i'r bingo."

Cwthwm o wynt, a llais Ifan yn dweud yn gellweirus:

"Ho, ho! Dyma wraig y padelli wedi cyrraedd."

"Hebddi hi, fyddet tithe ddim wedi cyrraedd, y llabwst," meddai hithau'n swta.

"Mae'r nyrs yn gweud bod y gwely ma'n rhy fach," meddai Mari.

"Gall hi ga'l dy wely di a finne," meddai Ifan.

Chwarae teg, ond doedd hi ddim am aflonyddu mwy a mwy ar y pâr a oedd wedi agor eu drws iddi pan oedd hi a Gruff yn

17

chwilio am gartref.

"Dewch, Marged, rhaid ichi," meddai'r nyrs yn ddiamynedd. "I mewn fan hyn i ga'l archwiliad. A o's papur llwyd da chi, Mari? A! mae digon yma."

Erbyn hyn yr oedd y ffenestri led y pen ar agor, a gwynt nerthol yn rhuthro drwy'r llofft. Chwythai'r llenni yn ôl o'r stryd, a gwelai dwr o wragedd yn eu ffedogau yr ochr draw yn hongian o gwmpas clwyd yr ardd. Yna bu'n rhaid iddi orwedd ar y papur llwyd anghynnes. A'i chefn ati, yno'r oedd y nyrs yn ei barclod gwyn yn sgwrio'i hewinedd am ei bywyd. Edrychai Marged yn eiddgar ar y ddwy flanced wlân a gyrhaeddodd drwy'r post ganol yr wythnos. Druan o'i mam! A hithau yn ei chornel, ni allai ddod ar gyfyl ei merch yn awr ei hangen. Llawfeddyg a ddylai fod gyda'r dwylo yna; dwylo na allen nhw bellach ddal ei chwpan te. Ond fe wnaeth yr hyn a allai; gallai siopa yn ei pharlwr a chatalog Price Jones ar ei harffed.

Daeth arogl Dettol i'w ffroenau fel y dynesai'r nyrs.

"Pa bryd y dechreuoch chi fynd yn dost?"

"Un ar ddeg neithiwr pan dorrodd y dŵr."

"Do's bosib. Na, dyw e ddim wedi torri," – yn benderfynol, gan ddechrau'i harchwilio yn fewnol. Ond roedd Marged erbyn hyn yn dal ei chorff yn dynn.

"Arhoswch funud, nyrs. Rych chi'n gwneud lo's. Dechreuwch eto, nyrs, ifi ga'l ymlacio."

Ond dal ati i'w harchwilio yn benderfynol ddidrugaredd a wnâi'r nyrs. A oedd hi'n meddwl mai babi oedd hi? Dim ond cyfle i ymlacio, ac fe gâi ailddechrau. O Dduw, gallai anghofio pob poen naturiol, ond nid hwn. Aeth y nyrs yn ôl i sgwrio'i hewinedd yr un mor ddefosiynol â chynt, gan adael Marged yn llipa oer ar y gwely.

Drws yn clatsio isod.

"Hylô. Beth sydd ar ger'ed 'ma?"

"O, Buddug fach, ti sydd 'na? Cer lan i'r llofft atyn nhw, wnei di?"

"Shwt ma fe, Marged?"

"Rwyn o'r."

"Wel ody siŵr iawn. Pam na gewch chi'r gwely lawr yn y parlwr?"

"Rhy fach!" oddi wrth Nyrs Bowen.

"Ond ma' gwely dwbwl da nhw. *Rest Assured* w. Dere, Gruff, a tithe Ifan. Ma isie gwaith ar y dynion ma, yn lle'n gweld ni'r gwragedd yn ca'l y gwaith a'r gofid i gyd. Dere, Marged, gwisg dy got nos."

Te wedyn. Dim llun ar wneud cinio heddiw! A dim diferyn i Marged.

5.30. "Cer i hôl y Doctor, Gruff. Mae hi wedi dioddef digon erbyn hyn, druan fach," meddai Mari.

Sŵn lleisiau ymhell, yna'n agos.

"Mae rhai yn cleisio'n rhwydd."

"Ydy popeth drosodd, Doctor?"

"Na. Rhaid ichi weithio tipyn yn galetach."

Seiclo, seiclo i fyny'r bryn.

"Edrych ar y soffa wrth dy ochor di, Marged!"

Dyn bach, pinc a golwg fyfyrgar ar ei wyneb

crebachlyd, yn llygadu'r silff lyfrau uwch ei ben.

Ar ffrwst, dyma Gruff i mewn:

"Hei Marged, ble ma'r pad, i fi ga'l sgrifennu at dy deulu di yn Argoed Idwal?"

"Hei, gan bwyll, was. Dŷn ni ddim wedi cwpla eto. Ma digon o waith ar eich ôl chi'r gwrywod," a'r nyrs ffraeth yn ddiseremoni yn ei wthio allan â'i breichiau cryfion.

"Nawr te, ble ma cariad mam-gu?" ebe Mari, gan hwylio i mewn i'r parlwr cyfyng. "Gadwch i fi fynd ag e o'ch ffordd chi am dipyn," gan gipio'r un bach mewn siôl, ac allan ag ef i'r gegin. Oedd, roedd blas ar fod yn fam-gu heddiw, a'r ŵyr bach heb eto iawn lenwi'i ysgyfaint. Serch hynny, ei phlentyn hi, Marged, oedd ef. Ac eto, cofiodd eiriau ei gweinidog gartref wrth iddo blygu dros grud rhyw faban:

"Cofiwch, ar fenthyg y mae e."

Hanner awr wedi saith, a drws y ffrynt yn dal i glepian. Y tylwyth i gyd wedi ymgynnull, mae'n rhaid!

"A beth yw'r enw i fod?"

Fe glustfeiniai Marged o'r parlwr.

"Madog."

"Madog! Mad! Wel, Boyo y bydda i'n i alw fe ta p'un."

"Cer o'r ffordd, Gruff. Rwyt ti'n gwybod nad yw Marged wedi ca'l llymaid ers y bore ma. Hwrwch nawr Marged, llond plat o gig moch Cymru a dau wy. Moc Ty'n-y-maes dda'th â nhw ddwy awr yn ôl."

... A Dwy Ŵydd Dew

Tuchanai Marged wrth symud ei basged o'r llaw dde i'r llaw aswy. Roedd pinnau bach yn ei llaw dde ers meityn. Fe gâi Gruff ei hun weld obeutu'r ŵydd eleni, o câi! Roedd hi wedi hen flino ac yn dyheu am gael cwpanaid a chip ar y papur mewn heddwch.

Agorodd y drws a lusgodd dros bentwr o gardiau Nadolig. Byddai'n rhaid iddi siapo os oedd y tylwyth a'i chyfeillion i dderbyn carden oddi wrthi cyn yr ŵyl. Oni allen nhw ddathlu'r Nadolig heb yr holl drafferthion, y chwys a'r edliw nad oedd pawb yn tynnu'i bwysau?

Wrth yfed ei the, caeodd ei llygaid o foddhad llwyr, fel merch yn cael cusan gan ei chariad. Drwy'r ffenestr, anwylai'r heulwen ei gruddiau. Gwibiodd ei meddwl at y plant, beth i'w roi i'r bechgyn – y nhw oedd yn anodd, waeth roedd Leisa bob amser yn rhwydd ei phlesio. Ond beth wnâi yn mwydro'i phen yn awr a hithau â'i bryd ar ymlacio? Cydiodd yn y *Western Mail* ac yn ôl ei harfer darllenodd yr hysbysebion; ffordd dda o ymollwng. Wel am ragluniaeth!

"Ar werth, ci hela" – sbaniel – yr union beth i Madog.

Wedi i'r plant fynd i'r gwely:

"Welaist ti hwn, Gruff? Beth wyt ti'n feddwl?"

"Wel, Marged, syniad rhagorol. Mi fyddwn wrth y modd yn cael ci. Dyw dryll heb gi ddim llawer o beth wyddost ti i ddod yn ôl ag ysgyfarnog."

"Taw yr hen ffwlcyn. On'd am dy fab rwyn meddwl? I Madog, w."

"O, ie, pam lai? Does dim byd tebyg i greadur os wyt ti am osgoi trafferth gyda'r cryts." A'r noson honno a fu'n heddychlon.

Fore trannoeth, doedd mo'r un gwres yn y gegin am bump y bore. Roedd y dŵr wedi rhewi yn y tap a Gruff yn ei diawlio hi y tu allan yn y tywyllwch.

"Clyw, Gruff," meddai Marged bum munud

cyn iddo orfod mynd trwy'r drws; "Rwyn gadael yr ŵydd i ti eleni."

"Beth andros rwyt ti'n meddwl y galla i wneud yn awr? On'd drennydd y mae'r Nadolig? Pe byddit ti wedi dweud ddeufis yn ôl",

"Wel dyma fi'n dweud wrthyt ti yn awr, wyt ti'n deall? Un peth sy'n siŵr; rwy wedi cario hen ŵydd o'r pentref am y tro olaf".

Am hanner awr wedi dau, a hithau'n brynhawn Gwener, roedd y plant – Madog, Leisa a'r efeilliaid – yn disgwyl yn eiddgar am eu tad, yn ôl eu harfer, o achos dyna pryd y deuai ef â hufen iâ i'r plant a'i bae i'w wraig. Ond am dri o'r gloch clywen glegar, a rhuthrodd pawb at y drws. Chwalpen o ŵydd wen braf! Roedd Delwyn a Dylan wedi dwli, a'r ddau o bob tu yn ei hanwesu.

"Neis, gwylan neis i Delwyn".

"… neis i Dylan".

Fe droes ymysgaroedd Marged. Doedd neb wedi stumogi'r cwningod dof wedi iddyn nhw gael y gyllell.

"Wyddost ti, fe ddylwn fod wedi dod â dwy ŵydd iddyn nhw fod yn gwmni idd i giddyl. Fe dorrith hon ei chalon ar ei phen ei hunan, fe gei di weld."

"O's ots, Dat," meddai Delwyn, "os torrith ei chalon, a tithe'n ei lladd hi yfory?"

Ta beth, i'r cwb y cafodd "yr wylan fowr" fynd i gysgu y nos.

Wedi cawl a thwmplins, daeth brys-neges:

"Casglwch barsel o'r orsaf heddiw".

Wedi i'r plant fynd allan i'r eira i chwarae, gofynnodd Gruff:

"Sut ŷn ni'n mynd i gael y sbaniel i'r tŷ heb i Madog a'r lleill ei weld? Mae cyfarfod da fi heno".

"Noson Siôn Corn yw hi heno gyda'r Ysgol Sul", meddai Marged. "Beth am ofyn i Dad-cu ei nôl e a'i adael yn yr ystafell ymolch?"

Wedi dychwelyd o'r te parti, mawr oedd cleber y plant, a llewyrch llathraidd yr eira yn pefrio yn eu llygaid. Llusgai'r ddau fach yn drwm o'i hôl. I'r gwely yn awr, ochneidiodd Marged, a hiraethai am y gwely ei hun. Ond ow, gwichiadau gwyllt; wrth godi clicied drws yr ystafell ymolch, roedd hi yn ddifeddwl wedi gadael pum modfedd du i mewn i'r gegin. Cododd ef yn orfoleddus a'i osod ar y soffa. Carlo – ni wnâi'r un enw arall eistedd ar y creadur hwn.

"Siôn Corn sydd wedi'i adael e i ti, Madog".

"I fi, Mam?" meddai'r bychan, gan sgwario'i ysgwyddau a stico'i fola allan. "Carlo Madog! Fi piau fe!"

Ond wrth ddynesu, noethi'i ddannedd a wnaeth y pum modfedd. O'r diwedd daeth Marged o hyd i frwsh. Â hwnnw rhwng ei ddannedd, fe'i tywysodd o ben y soffa nes iddo lechu o dan y ford.

"Beth amdanom ni, Mam? Beth am Delwyn bach?" meddai Delwyn.

"A beth am Dylan bach?" meddai Dylan, y naill a'r llall â'u gwep am y mwyaf truenus.

"Ond blantos annwyl, fe fydd Siôn Corn wedi

blino heno. Bydd siwrne arall da fe cyn cwpla," a diolchodd Marged o eigion ei chalon fod tad-cu mor feddylgar gan y plant.

"Rwyt ti yn llygad dy le, Gruff," dywedasai Dad-cu, "Does dim tebyg i greadur i gadw cryts ma's o drwbwl."

Trannoeth daeth llythyr:

"Bydd y ddau fyn gafr yn cyrraedd yr orsaf gyda'r trên dau. Dewch i gwrdd â nhw".

"Gruff, mwstra, wnei di, a gofyn i Dai yrru'r fan gelfi Pickfords na i hôl y ddwy afar fach".

Ymhen hanner awr, dyma Gruff yn ôl â'i wyneb fel betysen gynta'r tymor. Cafodd Dai, ei gyfaill, gryn drafferth i facio'r lori fawr i lawr y feidr gul, ond pan neidiodd allan o'r cab, fe chwarddodd ei chalon hi.

"Oeddit ti'n disgwyl dau darw Angus, Marged, lodes? Byddai'r pram wedi gwneud y tro," a gwelwyd Gruff yn cario blwch bach carbord at y tŷ tra llefai'r ddau fyn pythefnos oed yn druenus fel dau blentyn.

"Meg i fi a Mali i ti", sgrechodd Dylan gan

olchi'i ddwylo fel siopwr profiadol.

Doedd dim ots gan Delwyn pe bai'i frawd yn galw'i fyn ef yn Nebuchodonosor; y funud honno roedd ef yn ffarmwr a hanner. Yn ddisymwth neidiodd y ddau fyn yn heini dros y cadeiriau, ac i ben y ford; dau acrobat medrus, sicr, yn ffroeni'r caws, a'u trwynau yn y jwg laeth, yna'n ei baglu ar liain y ford nes bod hanner dwsin o gwpanau'n deilchion. Cymerodd Mali ffansi at Leisa; cnoi'i gwallt hi, sugno'i chlust a rhacsan ei ffedog goch newydd. Lwc bod bar o flaen y stof neu cig rhost, myn gafr i, fyddai i Gruff i swper.

"Ŷch chi'n cofio Siani'r Sticil?" gofynnodd Dai. "Wedi galw gyda'r wraig co un Nos Sadwrn pan oedd hi wrthi'n ffwrno'r cig erbyn y Sul.

'Hawyr bach, Peg,' meddai Siani, 'rwyt ti'n 'wel-a-wê' gyda'r cigydd, on'd wyt ti? Sut rwyt ti'n llwyddo, gwed?'

'Dere iti gael tipyn i brofi,' medde'r wraig.

'Wyddost ti, Peg,' medde Siani wedyn, 'sdim

curo ar y 'Welsh', nag o's?' Pe bai hi'n gwybod bod y mrawd-yng-nghyfraith yn cadw gafar, ddele hi byth ragor i swper co."

Does ryfedd bod y plant yn gwrando'n gegrwth pan fydd Dai o gwmpas.

Yn y prynhawn aeth Gruff ati i ladd yr hen ŵydd, gyda'i blant eiddgar yn gynulleidfa. Roedd y tri bachgen wrth eu bodd, y sadistiaid bach, a Gruff yn teimlo'n dipyn o wron wrth hogi'r gyllell.

"Dere â thipyn o gorden i fi, Marged," meddai Gruff. On'd yw hi'n rhyfedd gwedwch chi, na all dyn cyffredin hôl tipyn o gorden iddo'i hun? Wel i chi, fe glymodd yr ŵydd yn feistrolgar yn y lein ddillad, a dyna lle'r oedd hi'n chwyrlïo fel chwyrligwgan, a'r gwaed yn flotiau hyll ar yr eira.

"Diwedd y byd", meddai Marged, "beth yw dy feddwl di, y pen marbl deri? Edrych ar y cewe glân 'na ar y lein. Does dim llyged yn dy ben di, gwed?" A gwir y gair – dwsin o gewynnau gwynion glân, a Gruff wedi clymu'r ŵydd yn eu canol nhw.

"Edlych alni'n tloi lownd, glwt," meddai Dylan wrth Delwyn. Yn ffenestr y llofft roedd Leisa, druan, yn llefain y glaw.

Wedi lladd, roedd yn rhaid plufio. Digon ysgeler oedd y tywydd, a'r dillad ar y lein fel estyll wedi'u manglo.

"Dere miwn â hi o flaen y stof, Gruff bach", meddai Marged, "Dwy ddim am hen ŵydd wedi'i rhewi."

Roedd hi'n gartrefol braf yn y gegin, y stof yn tynnu'n gynddeiriog a'i llawn o lo; Gruff ar stôl drithroed, a'i drwyn yn isel uwch y badell sinc. Daeth cwthwm o wynt o dan y drws. Roedd llygaid Delwyn a Dylan fel soseri. Camodd Dylan ymlaen at y badell sinc a chydio mewn dau ddyrnaid o'r tonnau pluf meddal.

"Whiw, Dat, mae hi'n bwlw eila. Dlych, Dat; wîl nawl", a'u lluchio nerth ei freichiau.

Pan yrrodd Marged y plant i'r gwely, roedd y pluf wedi lledu i bob cwr, pluf yn yr ymenyn, pluf yn llygaid Leisa, pluf yng ngheg Carlo.

Newydd fod yn chwilio am Madog yr oedd, a'i gael yn cysgu'n braf gyda Carlo yng nghornel y sied, ar hen sachau.

Ta waeth, trannoeth câi Marged aros yn ei gwely fel ar fore Sul, ac fe ddeuai Gruff â chwpanaid o de iddi. Byddai hithau'n dweud:

"Dyna rywbeth yn debyg i grefydd nawr", chwedl ei mam-yng-nghyfraith. Yna yn ôl ei harfer, fe âi i'r gwasanaeth. Ar ei ffordd câi glywed y clychau'n canu, ac yn y capel, brofi o hedd y Nadolig. Ac â chalon glyd, dychwelyd i hamddena ymhlith ei phlant a Gruff.

PRYDER

SYLLAI MARGED YN foddog ar yr efeilliaid yn pysgota â'u rhwydi llaw yng nghysgod y graig: Dylan o bryd golau, a'i wefusau'n mudwenu yn arwydd bod traethau Normandi'n baradwys i grwt chwe blwydd oed; Delwyn yntau'n dywyll, a'i fynych wichiadau yn cyffroi'r dyfroedd wrth iddo chwipio i'r dwfn i ddal pysgodyn ar wib. Mor fendigedig oedd cael gorweddian ar y traeth a diogi.

Daeth Michelle le Roux a gyrhaeddodd ddoe i waered atyn nhw. Dechreuodd barablu fel melin wynt am ei hystafell yn y gwesty, am swydd ei brawd a oedd yn *expert* (prisiwr) ym Mharis, ac am gyflwr ei chalon. Ond cyn i Marged allu mynegi dim cydymdeimlad, dyma Rivoual, brawd Michelle, yn ymlwybro tuag atyn nhw, ac wrth ei sodlau, bwdl du a eisteddai ar goets ddwy olwyn gan ei dynnu'i hun â'i goesau blaen.

"Mae wedi cael polio," meddai Michelle wrth weld diddordeb Marged a'r ddau grwt. Troes hithau at Rivoual, a'i ganfod yn edmygu'i chorff, ac er ei bod bellach yn bymtheg ar hugain, fe wridodd fel croten ddibriod wrth iddi syllu'n ymwybodol ar ei choesau cochion chwyddedig. Beth gebyst a gafodd hi i rwto olew'r olewydd ynddyn nhw wedi iddyn ddal gwres yr haul? Roedden nhw yn awr ar dân, yn gyfor o bothelli, a'r rheiny'n ffrio.

"Voulez-vous avoir l'obligeance de vous asseoir?" meddai hi, a dal y cetyn gwên a ddaeth i gornel ei lygaid o gael gwahoddiad mor ffurfiol. Yr hen ffolcen wirion â hi, nid mewn *salon* yr oedden nhw, ond ar draeth poblog ger le Havre.

Ond ni fynnai Rivoual eistedd; roedd ar bigau'r drain.

"Dyna fel y mae e," meddai'i chwaer, yn ym-ddiheuro, "byth oddi ar iddo ddychwelyd o'r rhyfel. Mae'n aflonydd – eisiau mynd arno o hyd. Mae wedi gweld llawer. Byddai'n dda calon da fi pe bai'n cael gwraig, ac yn codi cartref iddo'i hun. All e ddim disgwyl i fi wneud drosto o hyd. Wedi'r cyfan, fi yw ei chwaer hynaf, ac rwy wedi gwneud yn siâr o'i dolach e yn fabi – yr ifancaf o naw o blant. Ond dyna fe, does neb yn ei blesio, welwch chi. O wel, mae'n well inni fynd am dro bach."

Roedd gwres yr haul wedi dechrau cynhesu Marged wedi düwch y gaeaf, a'i baich gofalon wedi pwyso'n drwm arni ers pedair blynedd, byth oddi ar i'w gŵr orfod gweithio oddi cartref. Bu'r ymdrech i fagu'r pedwar wedyn ar ei phen ei hun yn drech na hi, ac ar gyngor ei meddyg y daeth hi i Normandi i geisio awel y môr, i ymlacio yng nghanol tyndra byw – y talu biliau parhaus, a cheisio anghofio bod yna Gymru i duchan byw ynddi.

Neithiwr fe fu Delwyn yn farnol, er nad ei fai ef yn hollol oedd hi ychwaith. Gorflino a wnaethai wedi cynnwrf ymweld â'r sŵ yn y bore, a chwarae Indiaid Cochion ar y traeth gydol y prynhawn gyda'r Ffrancod bach stwrllyd. Fe fynnodd ddod yn ôl â'i fwa a'i saeth amrwd i'r gwesty er pob ymhŵedd ar ei rhan hi. Ond wedi cinio wyth (fe fethodd â threfnu cael y pryd olaf yng nghynt er mwyn y plant), fe stranciodd y cnaf digywilydd, a gorwedd ar wastad ei gefn yn y cyntedd. Ie, rebel oedd Delwyn. Rebel oedd hithau gartref yng Nghymru.

Edrychai ambell dad a gerddai heibio fel pe dyheai am y pleser o gymhwyso'i phlentyn. Fe geisiodd hi ei geryddu, ond ni wnaeth y glatsien ond cynhyrfu'i dymer blin. Rhuthrodd i'r llofft ac i'w ystafell. Credodd Marged mai'i adael i ddod at ei goed oedd orau. Gofynnodd Rivoual a'i chwaer iddi gymryd coffi gyda nhw, ac am y tro fe wnaeth, er mai o'r braidd y gallai fforddio'r moeth hwn, hyd yn oed yn achlysurol. Difyrrai Dylan ei hun yn crwydro o ford i ford, a phan gâi sylw hwn a'r llall, fe roliai lygaid drygionus arnyn nhw nes bod y gwyn yn dangos. Pan oedd hi ar ganol sgwrs felys, a Dylan wrthi'n sugno Coca Cola trwy welltyn, fe ddaeth y forwyn i mewn, gan ei hysbysu bod dŵr yn diferu drwy'r nenfwd, ac mai o ystafell ei meibion hi y llifai, a rhaid bod un ohonyn nhw wedi gadael y tap heb ei gloi. Ar wib wedyn i'r llofft, ond roedd y drws wedi'i folltio o'r tu mewn, y dŵr yn morio oddi tano, a Delwyn wedi cwympo i gysgu. Bu cryn gynnwrf cyn iddi lwyddo i'w ddihuno, ac wedi erfyn arno, fe ddatglôdd y drws, er rhyddhad iddi hi ei hun, y perchennog a thorf fach o bobl a oedd wedi ymgasglu.

Cyn swper, doedd Dylan yntau ddim wedi bod yn angel. Fe aethai i nofio gyda'i gyfeillion, pan waeddodd rhywun "GC'HRA". Beth gebyst oedd "gc'hra"? Yna gwelodd ben y greadures – pen llygoden fawr winau yn y dŵr – *coypu* a bod yn fanwl gywir, er mai diniwed oedd honno yn ôl y gwybodusion. Er hyn, fe fu gweld nofiwr profiadol yn gorchymyn i'w fab cydnerth dwy-ar-bymtheg oed ddod o'r tonnau yn groes graen, yn ddigon i argyhoeddi Marged nad dyna'r lle i'w chrwtyn euraid hi. Mae'n wir y câi Llundain a Glasgow eu trafferthion i waredu'u hysbwriel, ond yma ni welai neb angen datrys anhawster mor elfennol. Drwy ffenestr y gwesty ynghynt, fe welsai Marged hen ŵr bach yn dymchwelyd llond ei ferfa i'r gamlas, a dyna wared arno – dros dro.

Ond roedd hwyl yn y dŵr, a bagad o'r bechgyn yn dilyn y *coypu* â gwialenni. Er gweiddi a sgrechian, fe wrthododd Dylan yn deg â dod i'r lan, a'r diwedd fu i Rivoual orfod diosg ei ddillad a mynd i mewn ei hun i'w hôl. Ni allai Marged gredu bod hwn â'i gorff gwyn a'r tlws o Fair Forwyn yn hongian am ei wddf, wedi bod yn filwr.

Y prynhawn, yr oedd yr awel yn fwyn, wrth iddi hi a'i meibion a Rivoual a'i chwaer gerdded heibio i'r perllannau agored gyda'u rhesi o goed afalau.

"Ydych chi'n hoff o ddod i Ffrainc gyda'r plant?" gofynnodd Mademoiselle le Roux.

"Wrth fy modd," atebodd Marged. "Mae yma

wlad helaeth ac awyr ddi-fwg."

"Oes," meddai'r chwaer. "Fe ddylai pob plentyn gael newid aer. Rŷn ni'r Ffrancwyr yn y trefi yn dal y dylai pawb gael tair wythnos oddi cartref. I'r plant, tair wythnos ar lan y môr a thair wythnos yn y mynyddoedd piau hi. Mae yna gymdeithasau sy'n gofalu bod y plant yn cael mynd."

"Mor grintachlyd rŷn ni'r Cymry," meddai Marged. "Ond dyna ni, rŷn ni yn y gorffennol wedi gorfod crafu byw. Mae plant ein trefi a'n pentrefi diwydiannol ni yn ffodus os cân nhw wythnos yn Llangrannog."

Ar ganol dôl fe ymledai pren ceirios, y dail gwyrdd tua'r gogledd, ond yr ambr a'r rhuddfelyn aeddfetach yn wynebu haul y de. Fe gasglodd Rivoual dair deilen – patrymau perffaith eu gwead, a'u hestyn iddi.

"Cadwch nhw yn eich blodeugerdd Gymraeg," meddai wrthi gyda gwên. Oedd, roedd e'n synhwyrus, yn rhy synhwyrus o lawer i fod wedi anelu dryll at gyd-ddyn.

Erbyn hyn, roedd Mademoiselle a'r efeilliaid ar y blaen.

"Tipyn o boen fu Delwyn neithiwr," meddai Marged, gan gredu y dylai ymddiheuro drosto.

"Na, nid arno ef yr oedd y bai," meddai Rivoual yn fwyn. "Wedi blino yr oedd. Mae Delwyn dipyn yn *énervé*. Nid fel 'na y byddai e gyda fi." Edrychodd i fyw ei lygaid. Mor llwyd ei wedd a'i ddillad, a'r sbectol a'r rhimyn du ddim ond yn dyfnhau diffyg lliw undonog ei wyneb. Nid yr un Rivoual a siaradai yn awr ag ar lan y môr pan soniasai'i chwaer am yr Almaenwyr.

"Wnân nhw byth newid," dywedasai a'i wefusau'n dynn.

Ond yn awr:

"Mi gadwn i e'n ddifyr. Fe gâi ddigon o gerdded gyda fi – a digon o chwarae. Dyw ei egni e ddim yn cael ei sianelu ddigon." Am funud ni wyddai hi beth i'w feddwl na beth i'w wneud.

"Rwyt ti'n *aimable*," meddai, gan glosio ati.

Beth andros oedd gwir ystyr *aimable* yn y cyswllt hwn? *Gentille* tybed? Dyna'r gwaethaf wrth siarad iaith estron; *nuance* geiriau byth a hefyd! Ar draws y pendroni, deuai sŵn rhithmig geneuau'n cnoi cil, a throdd ei phen i syllu ar wartheg trymion melyn a gwyn yn dawel fodlon ar eu byd. Codai tawch eu blew i'w ffroenau'n darth yng ngwres yr haul wedi'r gawod sydyn.

"Ddowch chi i Lydaw gyda ni am dro yn y Citroën?" gofynnodd Mademoiselle le Roux trannoeth. "Dyw'r ffin ddim ymhell oddi yma."

Ac felly am ddeg o'r gloch, gwelwyd y brawd a'r chwaer, a Marged, Delwyn a Dylan yn gwthio i mewn i'r car bach. Bu tipyn o ddadlau a strancio cyn cychwyn, gan y mynnai Dylan gael y pwdl i'r sedd gefn ato, ond rhwng traed ei feistr y cafodd fod yn y diwedd. Wedi cyrraedd Fougères, roedd tafod y ci, druan, yn hongian yn llipa dros ei weflau. Sefyll ger y gerddi ac arllwys dŵr i gafn y ci, a Dylan yn methu ag aros iddo lowcio'r cyfan cyn ei anwesu. Yna aeth y pump i mewn i gaffi i gael diod o lemonêd. O dan ford ar y terasau, fe ddaeth Delwyn ar draws aderyn to cloff. Gwyliai Marged y tri yn ei gornelu, yna cododd Rivoual ef yn dyner yng nghwpan ei ddwylo, a'i ddisychedu o gafn yr hen gi; wedyn rhwymo'i goes a'i osod yng nghysgod y prysgwydd. Na, châi hithau a'i phlant ddim cam ar law hwn.

Yn awr sylwodd ar y mynegbyst a gyfeiriai at Dol, Plouescal a Dinard. Rhyfeddai fel yr oedd enwau lleoedd y Celt wedi'u sodro wrth dir ei gynefin. Gartref yng Nghymru, er gwaethaf pob barn bleidiol, roedd yr enwau Cymraeg wedi cael eu cadw ar yr ystadau cyngor. Meddyliai Marged er ei gwaethaf am yr achosion a ddeuai gerbron y llysoedd eto wedi'r gwyliau. Nid heddiw, ond flynyddoedd yn ôl y bu'r trais, pan drowyd Ton-y-Sguboriau'n "Talbot Green" gan arolygwr bws o Sais, a Llanilltud Faerdref yn "Lantwit Vardre".

Pum cilomedr eto a gallen weld tŵr eglwys arall yn codi o ganol pentref. Ar eu ffordd i mewn iddi, ymgrymodd y brawd a'r chwaer, a Delwyn yntau, yn sgil Rivoual wrth geisio'i ddynwared. Cyneuodd y ddau gannwyll yr un, a'i gosod gerbron delw gŵyr o'r Fair Fendigaid. Roedd y *fête* ar ddechrau, yr organydd yn ei afiaith yn canu emynau syml, a'r gynulleidfa yn ei ateb. Yna erfyniodd yr offeiriad am dawelwch tra cerdden tua'r fynwent. Cododd yr organydd gwritgoch, a dilyn y groes aur, gan arwain y gân yn ei arddull canu gwerin. Dilynodd y plant a'r menywod hwythau, gan ymffurfio'n ddwy gwt, un o boptu i'r heol. Yn olaf fe ddeuai'r gwŷr yn dal bere neu gap o'u blaenau mewn ystum ddefosiynol. Ar hyd y pentref yr ymlwybrodd y dorf, heibio i gaffe a siop, a phob cerbyd wedi sefyll. Troi i mewn trwy byrth y fynwent yn fintai dawel, ddiwedwst. Aeth pob teulu ar ei union at ei fedd, a chododd yr offeiriad ei law a'i lef. Roedd yma ardd o ffarwel haf a grug. Yng nghwr pellaf y fynwent, sychodd gŵr bach ei ddeigryn â'i gap brethyn, yna pan drodd y plwyfolion at ei gilydd o'r diwedd i dorri gair â hen gydnabod, fe aeth yntau at y porth, ac i ffwrdd ag ef yn ddiffwdan ar ei feic.

Wedi dychwelyd i'r gwesty, fe dderbyniodd Marged wydraid o *apéritif* San Raffael yng nghwmni'r ddau Barisien. Eistedden fel rheol wrth ford gyferbyn, ond yfory fe fyddai gwaith Rivoual a'r pentwr o ohebiaeth yn ei swyddfa yn ei alw yn ôl. Roedd hi'n ddiwedd y gwyliau, a naws y llwydrew yn arwydd trist o golli'r heulwen. A hithau'n closio at yr hwyr, roedden nhw ill tri'n cerdded ar lan y môr, gyda Delwyn a Dylan yn rhyw lusgo wrth eu cwt, ond serch hynny yn mynnu arwain y pwdl yn ei goets. Fe glebrai'r efeilliaid yn ddi-daw.

"Os bydd arnoch chi eisiau i ni drefnu gwyliau i chi yn Ffrainc rywbryd," meddai'r chwaer, "cofiwch ddanfon aton ni. Mae yna ddigon o bentrefi bach cyfareddol wrth droed y Pyreneau."

"O diolch o galon. Beth am i chi ddod i Gymru?"

"Na, fe welson ni'ch glaw chi ar y teledu pan oedd Ffrainc a Chymru'n chwarae rygbi. Mae digon o ddewis yn Ffrainc, a'r tywydd yn dda. A fydd dim eisiau hwpo'r Citroën dros yr Wyddfa ychwaith!"

Arhosodd Michelle i roi help llaw i'r efeilliaid wthio coets y pwdl dros y cerrig. Cydiodd Rivoual ym mysedd Marged.

"Ddoi di i Baris i fyw ata i?"

"Ond beth wnawn i ym Mharis, Rivoual?" gofynnodd hithau. "Fyddwn i fawr o werth i chi yn y Swyddfa. Alla i ddim teipio na gwneud llaw fer yn Gymraeg, heb sôn am Ffrangeg."

"Dy gael di gartre. Fe allet ti helpu Michelle yn y gegin. Ac efallai y gallen ni gael plant, yn debyg i Dylan a Delwyn. Neu efallai mai merched fydden nhw. Meddylia amdanon ni i gyd yn mynd i'r eglwys ar y Sul!"

Nos drannoeth, teulu bach diwedwst iawn o dri oedd o gwmpas y ford. Tridiau eto, ac fe fyddai'n amser iddyn hwythau ei chychwyn hi tuag adref. Wedi egwyl yn yr haul, fe gaen nosweithiau o lwydrew, dyddiau o law ac ymdrechu byw eto. Roedd cwmni Rivoual wedi llanw wythnosau'i gwyliau hyd yr ymyl, a hud y wlad wedi'i chipio o fyd ei gofalon. Ond yn awr fe gofiodd Marged am lys barn, ac y byddai'n rhaid iddi wynebu canlyniadau torri deddf y wladwriaeth. Doedd hi ddim erioed wedi credu mewn briwo a dymchwelyd, ond roedd eiddgarwch y Cyngor i godi arwyddion Saesneg, a hynny cyn astudio adroddiad pwyllgor Roderick Bowen a ffrwyth yr ymchwil i'r sefyllfa mewn gwledydd dwyieithog, wedi cynhyrfu'i sadrwydd cyfansoddiadol hi. Gorfu iddi ffrwyno'i theimladau, ond fe gafodd ei chyfle pan aeth yr efeilliaid i fwrw'r Sul ar fferm eu tad-cu yn Nyfed. Byddai'n rhaid iddi wynebu'r llys, efallai garchar, a phwy a garcai'r efeilliaid wedyn? Nid Gruff, eu tad, yn sicr. Roedd yr Undeb wedi'i lyncu ef yn gorff ac enaid.

Roedden nhw'r cryts ill dau yn adar diogel; dim ond cael ei chefn hi a byddai'r naill yn annog y llall i ryw ddrygioni neu'i gilydd yn wastad. Un peth oedd eu cymryd am dridiau, ond hawyr bach, pwy a fyddai'n fodlon eu gwarchod am dri mis? Am Leisa a Madog, roedd Bopa wrth ei bodd yn eu cael nhw, a dyna sut y cafodd hi seibiant i ddod i Normandi.

Ar ganol ei synfyfyrio, fe sylwodd ar ffigur gwyn y *garçon* yn dynesu i ddweud bod galwad iddi ar y ffôn.

"Wyddoch chi pwy sydd yma?" gofynnodd y llais. "Y *monsieur* a fu'n eistedd gyferbyn â'ch bord chi."

"O Rivoual, sut hwyl?"

"Diflas ym Mharis wedi'r fath wyliau bendigedig. Mae hi'n pistyllo glaw tyrfau yma heno, ac yn llethol. Sut mae Delwyn a Dylan?"

"Mae'r gwynt wedi mynd ma's glep o'u hwyliau nhw. Wn i ddim ai gweld eisiau'r pwdl neu gweld eich eisiau chi y maen nhw. Tipyn o'r ddau, mi greda i."

Wrth gerdded heibio i'r ddesg yn ôl, fe fflamiai'i hwyneb dan chwilfrydedd gwraig y perchennog a safai yno yn ei gwylio.

"Druan o *monsieur*!" oedd ei hunig sylw.

Chwyrnellai'r trên tua'r porthladd. Erbyn hyn roedd yr efeilliaid yn dechrau colli sglein y sebon boreol. Gwasgai Delwyn ei ddwylo a'i drwyn yn erbyn gwydr y ffenestr, ac o gylch gwefusau Dylan glynai baw amlwg yn saim y cig moch o'r *casse-croûte*. Syllai'r fam ar y caeau eang; bore Sul a rhes o ddynion wedi'u gwasgar ar hyd y waun, pob un â'i ddryll ar draws ei fraich chwith, a'u cŵn hirgul gwyn a du yn ufudd wasanaethgar. Dod i lain, a gweld ceiliog ffesant di-hid yn dal ei ben yn ddigon uchel.

Roedd ambell i dractor wedi mentro allan; popeth yn dda – fe gâi'r gyrrwr gyfle i gyffesu eto.

Canfod dau ŵr ar eu hyd yn y cawn, a thrydydd yn dal ei gi, hwnnw'n eistedd yn syth ddisgwylgar. Mor rhwydd fyddai bywyd pe gadawai i Rivoual ei gweld hi eto. Fe gredai fod arial caru ynddi o hyd, neu ai gwyrth yr haul oedd yn adfer ei hasbri? Serch hynny, er mor helaeth a goludog oedd Ffrainc, ac er gwaethaf heulwen ei haf a'i hydref mwynaidd, roedd Cymru a'i gofalon yn ei chôl yn galw ar y tri i ddychwelyd.

CRAFANGU

TIPYN O STRAEN oedd bod yn borthor i'r tylwyth du, ac ymddwyn fel santes drwy gydol y bore. Ond nawr fe drawodd y cloc eboni dri, hanner awr er i'r angladd godi, ac edrychodd y ddwy gyfnither ar ei gilydd.

"Gawn ni weithio cwpaned o de?"

"Beth ych chi am wneud? Platie ham a salad?"

"Wyt ti'n disgwyl ca'l *knife and fork* dwêd? Dim *chicken dinner* yn y Dderwen Deg yw hwn, cofia."

Aeth pawb ati i hwylio te a thorri brechdanau, pawb yn eu llawn hwyliau, ac ni tharfodd clindarddach un o gwpanau llestri gorau Mari mo'r cwmni diddan pan gwympodd yn deilchion i'r llawr.

Fe gododd Helga hithau yn y man i ddiosg ei chot ffwr, a'i het yr oedd wedi'i chadw ar ei phen drwy gydol y gwasanaeth yn y tŷ: confensiwn eto, oherwydd yn yr hen gartref yn "Nymbyr 88" y cysgai y tridiau hyn, a beth bynnag, angladd i wrywod yn unig oedd hon. Wrth iddi symud ei hysgwyddau llydain tua'r drws, clywodd Marged don o *Givenchy III*.

Pam raid goddef persawr mewn angladd, mwy na phan fyddai'r corff anymwybodol yn mynd i mewn i'r theatr at y llawfeddyg? meddyliodd.

"And how's Gina getting on in Swansea?" meddai Susanna Ann.

"Oh, fantastic. You ought to see the present she had last week from the Manager." Dyma ni eto! Allai hi ddim â dal rhagor. Do, fe ddaeth y llifeiriant ma's yn rhibidirês, angladd neu beidio. Oedd rhaid goddef rhyw faldod fel hyn, 'te, a'r ddwy wedi cael eu magu ar yr hen aelwyd hon? Braidd yn surbwch y bu'r ddwy wedyn.

Trwy drugaredd ni fu'r gwrywod fawr o dro cyn dychwelyd, a bu Marged yn brysur yn mynd â'u cotiau a'u taflu ar y gwely lan llofft. Yna wedi'r pryd, fe gododd Dafydd ar ei draed. Unig gefnder Mari oedd ef.

"Gan ein bod ni yma i gyd heddi, man a man inni rannu'r cyfan yn awr."

"Ie, fe fydd yn arbed tynnu pawb yma eto," cytunodd Helga'n awchus.

"Mae'ch Charles chi yn beiriannydd, Helga. Cer ma's da fe i'r garej i ddewis rhan o'r offer. Dyma'r allwedd."

Fe drodd Marged hithau, a diflastod yn ei chorddi, i'r gegin fach i olchi'r llestri. Chwap fe ddychwelodd i'r gegin i hôl lliain glân gan fod ei hun hi yn swp gwlyb, ac yno ar ei phenliniau o flaen y cwpwrdd, canfu Ffebi Jane yn chwilmentan am barau o sanau neilon. Wrth iddi agor y drws, yn ei gwylltineb fe dynnodd bentwr o'r dillad isaf, crysau gwlân a mân drugareddau i lawr yn un domen wrth ei thraed.

"Edrych y mae hi am rai o'r sgidie," meddai Susanna Ann yn llipa fel pe bai'n ymddiheuro.

"Ie, dim ond u ffitio nhw, dyna i gyd," meddai Ffebi Jane, braidd yn rhy frysiog.

Dychwelodd i'r gegin, a'i bochau'n goch o gywilydd drostyn nhw. Swmp o garedigrwydd a fu Mari druan, erioed. Pan ddaeth Marged i fyw y drws nesaf, roedd amser gan Mari bob pryd i wrando ar ei chŵyn. A bod ei byd yn mynd yn bedyll, gallasai fod wedi rhedeg ati a chuddio'i phen ym mhlygiadau'i smoc blodeuog hi, er na chafodd erioed achos i ymollwng felly, o achos byddai Mari'n gofalu bob adeg fod yr haul yn tywynnu ar ddec ei chriw bach hi. Dyna'r tro hwnnw pan wylltiodd Gruff yn gacwn o weld y bluen gyrliog fflamgoch a addurnai'i het felôr. Byddai popeth wedi mynd yn ffladrach oni bai i Mari ei dweud hi'n fân ac yn fuan wrtho, a'i ddodi yn dwt yn ei le. Bellach roedd y talp o garedigrwydd yn oer! Diwrnod digon llwm oedd hi hefyd; tywydd angladdol i'r dim. Drwy'r ffenestr gornel gallai weld y stryd lwydaidd, a'r llwynyn cypres yn chwythu yn ôl ac ymlaen fel pe bai'n igian wylo. Roedd tair neu bedair o'r cymdogesau yn dal i sibrwd wrth y clwydi. A pha ryfedd? Fe wydden nhwythau faint eu colled heddiw. Ni fu erioed glo ar dŷ 88. Ac wedi clywed iddi ddarfod, daethai sgwad ohonyn nhw yr un mor ddiffwdan drwy'r drws i lanhau pob cornel, yn ôl arfer Tal Sawdde.

Trannoeth, pan arfaethodd Marged ysgubo tipyn o'r llwybrau o gwmpas y tŷ, doedd dim brws cans na rhaw fach ar ôl!

* * *

Angladd eto, ond y tro hwn eisteddai Marged hithau yn barchus gyda'r tylwyth yn ei chot a'i het yn y parlwr, er na welodd Gruff yn dda i roi cot ffwr iddi at yr achlysur. "Parlwr", y galwai'r teulu ef, er na welwyd neb yn eistedd ynddo o'r blaen ar yr anti-macasars, gan ei fod yn fwy o gyntedd nag o ystafell, ac roedd y lleithder yn dal i lynu yn y corneli. Bu hi, Susanna Ann, yn gofyn pa got a wisgai Marged, a phan ddywedodd yr un goch lliw ffiwsia, bu bron â chael haint. Dyna'r pryd y cynigiodd iddi ei chot ail orau. Wnâi hi ddim dod mewn dillad benthyg chwaith! Roedd ganddi ormod o feddwl o'r tylwyth i hynny. Dyna'r pryd y penderfynodd fynd i siopa.

Tro Helga oedd hi yn awr, angladd ddibersawr. Mae'n rhyfedd fel yr oedd y chwiorydd yn cwympo fel pys y dyddiau hyn. Dyna lle'r oedd y neiaint wedi ymgynnull, yn syth ac yn heini, yn ernes o barhad y llwyth. Yn y man fe aen nhw i lawr y ffordd i'r Llew Du. Yno fe fyddai'r siarad yn rhydd, ac ni fyddai raid poeni am y coler a'r tei a'r got ddu, nac am iaith weddus ychwaith. Rhyw bentref felly oedd Tal Sawdde lle y gellid claddu'r marw a pheint o gwrw bron ar yr un anadl.

Wedi i'r gwrywod gilio, gellid clywed yr ymlacio yng ngwres y tân. Y brawd gweddw yn unig a adawyd yn ei gornel a'i ben rhwng ei ddwylo, yn hanner cwynfan.

"Welwch chi, ewyrth," meddai Charles yn anghysurus, "waeth ichi heb na llefen fel hyn.

Bydd yn rhaid inni fyw eto, ac fe fyddwn ni'n dau yn gwmni i'n gilydd."

"Fe fyddi di'n mynd dy lwybr dy hunan, Charles, fel rwyt ti wedi marfer gwneud," meddai'r ewythr heb godi'i ben. Eithaf gwir hefyd, achos nid un i ymdopi gartref gyda'i ewythr oedd Charlie.

Ymhen tipyn, galwodd y nai y menywod yn ôl i'r parlwr.

"Welwch chi'r rhain?" meddai, gan ddal hanner dwsin o ffrogiau a chot ffwr ei fodryb. "Man a man i chi eu cael nhw nawr, waeth pryfedu wnân nhw yma."

Gafaelodd Susanna Ann yn y got ffwr, a dododd Ffebi Jane yr het borffor ar ei phen. Ar hyn dyma'r drws yn agor, a'i ewythr yn sefyll yno'n fud. Brasgamodd i'w canol, yn wyn yn ei gynddaredd.

"Na, chewch chi ddim," llefodd, gan afael yn y got a'r het. "Newydd fynd â hi i'r fynwent rŷn ni, a dych chithe ddim yn fodlon iddi oeri'n iawn cyn cael eich bache ar i phethe hi. Ewch odd ma, y brain ysglyfaethus ag ych chi!" Fe aeth y gwynt o'u hadenydd hwy glatsh. Cyn gynted ag y dododd Gruff ei ben drwy'r drws, tynnodd Marged yn ei lawes, a fuon nhw fawr o dro wedyn cyn ei throedio hi tua thre.

* * *

Ers wythnosau fe fu modryb i Marged wrthi'n pacio'r llestri a phob rhyw fanion yn y blychau te. Cyn bo hir fe fyddai'n mudo gyda'i thad-cu hi i dŷ moel. Penderfynodd ef ymddeol wedi claddu'i wraig. Doedd dim diben aros ar y fferm mwyach waeth roedd mwy o elfen ffermio yn ei gwythiennau hi nag ynddo yntau.

"Hwre," meddai'r fodryb, gan estyn i'w nith jwg lystyr ddiddolen a hen gi silff-ben-tân wedi colli'i gwt; nid corgi ychwaith. "Dwy ddim yn bwriadu glanhau'r rhain yn Llwyn Brain." Fe ddaethai hi gyda Marged i chwilio am yr hen debot y bu'n ddigon gwrol i ofyn amdano. Wedi'r cyfan, onid hi oedd ei unig wyres? Ei braint hi – gallech feddwl – oedd cael dod draw ddwywaith yr wythnos i hwyluso'r gwaith yn yr hogl o ffermdy a oedd iddo.

Wedi sgwrsio am y papuro a'r glanhau a'r adnewyddu, penderfynodd yr hoffai fynd i weld y tŷ. Draw â hi i'r ysgubor lle'r oedd ei thad-cu yn gwneud ei dwt, y sach fras yn para ar ei ysgwyddau, ac anferth o bin cau yn ei haddurno, er ei bod hi'n ddiddos yno.

"Wel, beth wyt ti'n mofyn?"

"Eisie'r allwedd i fynd i Lwyn Brain?"

"A beth wyt ti'n mofyn yno?"

"O, meddwl yr âi Gruff a fi i lawr yno. Eisie gweld y papur wal."

"Gad di rhyngof fi a Llwyn Brain. Mae popeth ar ga'l pan nad oes lladron." Rhewodd Marged yn glamp, a syllu'n syn arno, yn sefyll yno, hanner ffordd lan yr ysgol i'r daflod, ei lygaid glas, rhewlifol yn edrych drwyddi. Doedd hi ddim mwy o ladrones nag yr oedd y Parchedig Idwal Jones o leidr ymbarels ers talwm.

Yna cofiodd am y tro hwnnw pan ddychwelodd adref yn fuan wedi colli'i mam-gu, a'i thad-cu yn ei hebrwng i'r orsaf.

"Beth sydd 'da ti fan 'na?" – yn sychlyd. Doedd dim o bwys ganddi mewn gwirionedd: cwpwl o'i llyfrau'i hun a gobennydd hir, mawr nad oedd mo'i eisiau arno ef mwyach. Wedi'r cyfan, dechrau'i byd yr oedd hi. Ie, un drwgdybus a fu'i thad-cu erioed, hyd yn oed o'i dŷ a'i dylwyth ei hun.

Fe ddodwyd ei thad-cu, yntau, yn y pridd cyn i'w modryb adrodd hanes y tato a fu'n diflannu o daflod Llwyn Brain. A chredech chi ddim mor barchus oedd y lleidr yn ei ardal ei hun!

Heno, mae'r pinc sy'n feddw bersawrus ger ffenestr Marged a'r aderyn du a'i lygad sefydlog arni wrth lamu ar draws y borfa emrallt, yn iechyd i'w chalon. Chostion nhw'r un ddimai, ond diolch amdanyn nhw.

RHEFFYNNAU AUR

RHODDODD MARGED NAID o berfeddion cwsg pan glywodd y ffôn yn canu. Hanner awr wedi dau! Pwy allai fod yno ar awr mor annaearol? I lawr â hi heb drafferthu i wisgo'i chot nos. A oedd un o'r tylwyth yn gwaelu tybed?

"Ardwyn 9756," meddai.

"Ga'i siarad â chi...?"

"Pwy ych chi'n moyn?"

"Ti. Ti rwyn moyn. Ti rwyn ei charu."

"Rhaid eich bod chi wedi cael y rhif anghywir" meddai hi'n floesg.

"Na, ti rwy am ei charu." Gwridodd Marged yn y tywyllwch.

"Y cod anghywir 'te."

"Na, Ardwyn 9756" meddai'r llais meddw yn gwbl bendant. Pwy ar y ddaear allai hwn fod ar fore'r Calan fel hyn? Nid Cymro glân mohono. Nid Albanwr ychwaith, yn chwil feddw wedi'r dathlu. Rhywun a adwaenai; rhywun yn hoff o'i ddiod, mae'n siŵr.

"Pwy sydd na?" meddai llais ei gŵr o ben y landing.

"O rhyw ionc," meddai, gan ddodi'r teclyn i lawr yn ei grud, a throi'n ôl tua'r llofft.

Nid cynt y gwnaeth nag y dechreuodd y ffôn ganu eilwaith, yn benderfynol ei dinc.

"Gad hyn i fi," meddai Gruff yn llawn mor bendant, gan ddod i lawr y grisiau yn sicr ei berwyl.

"Nawr clyw ma'r iolyn: gwadna hi odd'na, y cnaf diawl, neu fe fydd plismon ar dy war di." Ac yn ôl ag ef, gan frasgamu'n gynt o lawer nag yr oedd ei gymalau yn gwir ganiatáu.

"Beth ddwedodd e wrthyt ti?"

"Gofyn am gael siarad â 'ngwraig i. Dyna i ti greadur digywilydd."

Bythefnos yn ddiweddarach fe ddihunodd Marged eto ganol nos, heb wybod yn union pam. Roedd rhyw gysgod o euogrwydd yn llechu yn ei chyfansoddiad. Pam tybed?

Gerwin Davies?! Ie, dyna pwy oedd, Gerwin Davies yn closio ati i'w meddiannu. Hithau yn ei hisymwybod wedi bod yn ymbalfalu am hydoedd, ac wele'r wyrth; mewn breuddwyd, o waelod ei chelloedd dyrys, cael gwybod pwy oedd y ffoniwr berfedd nos. Yna gyda gollyngdod, sylweddolodd mai Gruff ei gŵr oedd wedi taflu'i fraich am ei chanol, gan glosio at gynhesrwydd ei chorff, a'i dychymyg hithau rhwng cwsg ac effro wedi rhedeg yn rhemp. Ond Gerwin – ie, dyna'r dyn yn iawn i chi. Pam aflwydd y gwnaeth ef ei ffonio hi a'i gwahodd i ramant blwyddyn newydd? Wedi'r cyfan roedd hi gryn ugain mlynedd yn hŷn nag ef. Doedd hi ddim yn chwilio am ramant mewn bywyd bellach; pa angen a'i byd crwn mor glyd amdani? Yn wahanol i wragedd penchwiban ei hoes, roedd ei thraed hi'n gadarn ar y ddaear. Fe âi'r ardd â'i hegnïon hi, ac ar derfyn dydd wedi pryd da gyda Gruff, doedd dim byd gwell gan Marged na darllen nofel yn y lolfa. Ond beth oedd yn bod ar y dyn Gerwin yna? Ni faliai ef yr un ffeuen os oedd ei got wlân yn datod, a llwch glo ar ei grys. Am Elen, edrychai bob adeg yn lanwedd fel dol, ac yn ei chynefin yn gweithio mewn siop dillad babanod lle'r oedd y pinc, y glas a'r gwyn yn gweddu i'r dim i'w natur hynaws hi. Nid oedd angen cymar gwell ar undyn nag a gafodd Gerwin yn Elen, angel o wraig ac yn dlos gyda chnawd gwyn a llygaid melfed brown. Yn siŵr doedd siort Gerwin ddim yn deilwng o'r gymhares a gafodd.

Er bod y gwres canolog yn cadw'r llofft yn gynnes, a hithau fel gwiwer wedi cyrlio yn ei nyth, aeth ysgryd i lawr cefn Marged y funud honno wrth iddi gofio'r tro y dechreuodd ddod i adnabod Elen o ddifrif.

Roedd aroglau gwair yn yr awyr y Gorffennaf hwnnw pan ddaethai Elen i ofyn a welsai hi Rhagnell fach. Gwyddai Marged yn burion beth oedd ofnau mam, ac ar ei hunion aeth i chwilio'r cloddiau, y nant a pharc y pentref. Cyn nemor dim amser galwyd y plismyn i mewn, a dyna lle'r oedden nhw fel pys ymhob twll a chornel. Awgrymodd y rhingyll wrth Marged mai priodol fyddai cynnu tân yn y grat. Roedd hi'n tywyllu a'r plismyn yn dal i chwilio. Aeth Marged i'r cwtsh glo, ond roedd hi fel y fagddu oddi mewn. Beth os bu rhyw erchylltra, a chorff Rhagnell o dan y talpau yno?

"Dere â gole i fi, Gruff," meddai.

"Beth ych chi'n mo'yn?" meddai plismon Cymraeg y tu ôl iddi.

"Golau," meddai Marged braidd yn swta.

"Wna hyn y tro?" gan gynnu'i fflachlamp eiddil.

Daliai'r fam ifanc i fod yn siriol, gan awgrymu cartrefi ffrindiau ei merch lle y gallai'r plismyn holi hynt a helynt y genethod.

Pan aeth Marged y tu allan i'r drws â'r poteli llaeth gweigion, yno'r oedd y plismyn fel cymanfa o frain duon yn damsang ar draed ei gilydd ac yn ymgynghori. Fe ysai hi am gael mynd i gribo'r mynydd yn lle aros a phenddaru yn yr hen hongl o dŷ.

"Ble mae Gerwin?" meddai wrth Elen.

"Fe ddylai fod nôl erbyn hyn, Marged. Ry'n ni wedi ffonio Allt-yr-Haidd; mae wedi gadael ers tipyn."

"Dere, Gruff," meddai Marged wrth ei gŵr, "Fe awn ni tua'r mynydd. Gad i ni wneud rhywbeth yn lle sefyll yma'n plethu dwylo."

Ar y copaon y buon nhw wedyn, yn gweiddi ar yn ail bob yn hyn a hyn. Fe welson was yr Hafod yn cario gwair i'r fuwch Ffrisian a'i llo newydd ei eni. Doedd y gwas ddim wedi clywed gair am eu pryder hwy.

"Mi a i dros y Garn. Roedd Rhagnell yn hoff o fynd â Pero'r ci y ffordd honno," meddai Gruff. "Cer dithe i'r chwith i lawr i'r pant."

Roedd yr awel yn feinach erbyn hyn, a'r lleuad wrth godi yn dangos unigrwydd y cwm, drwy daflu'i golau cannaid a chysgodion bob yn ail. Wrth adael llwybr y mynydd a'i thraed yn sad ar y feidr unwaith eto wedi awr a rhagor o grwydro unig, daeth ias o adfyd i'w hysigo pan welodd gar Panda un o'r plismyn yn troi'n ôl. Yn dal i chwilio felly? Argoel wael a drymhaodd ei chalon. Roedd y cawn yn y cae gwair yn dechrau brathu'i choesau. Wrth ddynesu at y das wair, fe glywodd riddfan, ac yno yng nghysgod y das fe ddaeth o hyd iddo – Gerwin, y tad, yn gwasgu'r corff llipa at ei fynwes; ie, Rhagnell, cannwyll ei lygad. Wrth ei draed yn y gwair roedd potel wag o seidr. Bob yn dipyn fe gafodd Marged yr hanes ganddo.

Wedi galw yn y darfarn leol yr oedd. Yna aeth i grafu'r gwair ar ei dyddyn â'r rhaca fawr. Nid un i symud gyda'r oes oedd ef. Yn ddirybudd daeth Rhagnell ato a gweiddi'n llawen o weld ei thad, a hynny pan oedd y ceffyl wrthi'n stryffaglan i dynnu'r gwair ar i fyny. Fe ddechreuodd Capten facio'n ôl yn sydyn at adenydd y lori. Daliwyd Rhagnell, yr eneth eiddil, yn gaeth rhwng heyrn ei raca a'r lori. Pan welodd y tad ei ferch yno'n methu â symud, fe gollodd ei ben. Rhoddodd chwipiad chwim i'r ceffyl, a rholiodd yr olwynion trwm yn chwyrn tuag yn ôl. Doedd dim gobaith iddi, y greadures. Penliniodd Marged yn y gwair, gan geisio clywed curiad ei chalon; ceisodd roi cusan adfer iddi, ond i ddim diben. Roedd corff Rhagnell fach wedi hen oeri, er bod ei thad yn dal i geisio'i chynhesu yn ei freichiau dan ei got, a golau gwan y lleuad wen yn dal i ddisgleirio ar ei dau reffyn aur dros ei hysgwyddau.

"Gosod hi i gysgu yn y gwair nawr, wnei di. Dere adre, Ger."

Yn ufudd y daeth, er i Marged orfod ei dywys a hanner ei gario yn glogyrnaidd tua'r tŷ. Yno daeth plismones gadarn i'w warchod, ac fe wasgarodd y plismyn at eu hamrywiol orchwylion.

Ymhen rhai wythnosau pan ymwelodd Marged â'r teulu bach, aeth â nofel i Gerwin.

"Oes moeswers ynddi?" holodd yn ddrwgdybus.

"Pam? Ych chi'n meddwl mai pregethwr ydw i te?" ebe hithau.

Roedd Elen wedi ceisio para'n siriol drwy'r cyfan, ac wedi ymgeleddu'i gŵr yn wastad. Yn ei munudau dirgel yn unig y gwelid olion y straen ar ei hwyneb.

"Oes dim awydd arnat ti i fagu plentyn eto, dwêd?" gofynnodd Marged iddi ymhen rhai misoedd. Siglo'i phen yn drist a wnaeth.

"Beth am fabwysiadu plentyn 'te?"

"Byddai gormod o ofon arna i," meddai, a dagrau'n gloywi'i llygaid melfed, dwys.

Erbyn hyn roedd Marged ac Elen yn byw ymhell oddi wrth ei gilydd. Eto fe gaen sgwrs ar y ffôn ambell dro, ac er gwaethaf y pellter a llif y blynyddoedd, roedd cwlwm wyth awr o bryder llwythog a rheffynnau aur wedi rhwymo'r ddwy yn ffrindiau calon am oes, ond am Ger, druan, dal i fyw yn y cysgodion yr oedd ef.

PAPURO

O'R DIWEDD FE benderfynodd Marged fynd ati i bapuro.

"Dere 'da fi i chwilio am bapur wal, wnei di?" meddai wrth Gruff a oedd ar ei drydydd cwpanaid o goffi yn ei gadair esmwyth.

"Pwy eisie i fi ddod 'da ti i ddewis papur wal?" meddai Gruff, gan ddal ati i sugno'i getyn.

"Wyt ti'n disgwyl i fi gario chwe rowlyn o bapur o'r dre, a hanner galwyn o baent, gwêd?" meddai hithau'n ddiamynedd. Mor farnol y gall dynion fod, meddyliai.

"Dwy ddim yn gweld pa eisie papur wal sydd arnat ti, ta beth."

"Arnon ni, Gruff," meddai'i wraig, "Wath fe fyddi dithe'n gorfod edrych ar y patrwm."

"Clyw, Marged, mynd i'r gwely i gysgu rwy i."

"Wel, ta p'un, mae'r papur sy co nawr yn

ffiaidd; rhywun wedi ysgytian inc drosto i gyd."

"Papur tywyll rwy i'n hoff ohono." Dim ond cyfle i brofocio, a dyna fe yn ei elfen.

Am un o'r gloch, brysiai Marged drwy'r dorf, a'i basged yn para'n wag wedi awr a rhagor o chwilmentan. Roedd wedi gweld cot boplin yn Marks & Spencer, ond cot law neu bapur wal oedd hi i fod y tro hwn. Lwc mai yng nghaffe Jo yr oedd wedi trefnu i gwrdd â Gruff, ac nid wrth y Co-op, neu fe fyddai'i thraed wedi pallu erbyn hyn. A da o beth iddo ef a hithau ymadael dros dro hefyd; fe fyddai Gruff wedi penddaru yn llusgo o'r naill siop i'r llall.

Wedi i'r pâr gwrdd yn siop Jo, dododd Marged ei phwysau i lawr ar y gadair wag gyntaf. Dyna ollyngdod i'w thraed! Sŵn o'i hamgylch ym mhobman, ac uwch y dwndwr, plentyn yn nadu, un o efeilliaid, fe sylwodd, a diolchodd tan riddfan yn dawel eu bod wedi gadael y plant gartref gyda chyfeilles. Roedd y gefell arall yn y caffe yn rhofio i mewn i'r sglodion tatws ar ei blât, er bod ei frawd yn boechen ei chalon hi ar arffed ei fam ifanc. Cododd honno yn y man, ac aeth â'r bychan dagreuol gyda hi. Daeth yn ôl chwap â llond mwg plastig o ddiod oer. Ni chododd y bychan ei ben nes drachtio'r diferyn olaf.

"Druan ag e," meddai Gruff, "mae palmentydd y dre a'r gwres yn ddigon i'n llethu ni, heb sôn am blentyn na ddysgodd iaith."

"Mi welais i ti'n cintachu ar lai na hynna," cytunodd.

"Beth gymerwch chi?" gofynnodd y weinyddes.

"Pysgod a sglodion i'r gŵr. Pysgodyn i fi, a chwpanaid o goffi yr un, ond dim bara menyn." Roedd yn gas ganddi'r bara pwti gwyn arferol.

Wrth ei hochr yn y fan honno, roedd y lleidr unfraich wrthi'n egnïol; dim eiliad dawel heddiw, a hithau'n ddiwrnod marchnad.

"Weli di honna?" meddai Gruff. "Dyna i ti athrawes benigamp yn codi brwdfrydedd yn ei disgyblion." Yno safai gwraig mewn ffrog borffor gwta, ac ôl cadw ei hoedran yn gyfrinach, yn amlwg ddigon. Wrth ei thraed dawnsiai dau blentyn tua dwy a thair blwydd oed wrth iddi fwydo'r peiriant â'i cheiniogau. Doedd dim dwywaith nad hyhi oedd y fam-gu, waeth mewn munud:

"Mam!" gwaeddodd yr eneth, "O's da chi ddwy geiniog?"

"Dim rhagor," meddai'r fam oleuwallt, gan yfed ei choffi'n foethus rhwng pyffiadau o fwg, a swmera o gael llonydd er rhyw ddeng munud.

"Smo'r chwyddiant yn cyffwrdd â'r rhain y dyddie hyn, gwed?" ebe Gruff.

Wedi'r cinio a gwahanu eilwaith, trodd Marged i ffwrdd o'r brif stryd, a heibio i'r siop fetio. Nid rhyfedd i Gruff alw y rhan hon o'r dref yn *slums*. Roedd y stryd fel arfer dan ei sang o ddynion yn gwisgo Dai cap yn ogystal ag o lanciau llewyrchus yn eu crysau unigryw. Heibio i'r faniau *Mother's Pride*; roedd edrych arnyn nhw'n ddigon i wneud i'w chylla chwyddo. Wrth groesi'r maes parcio, dylifai'r menywod allan, llawer ohonyn nhw yn eu bratiau a chyrlyrs yn eu gwallt o hyd, cymaint eu hawydd i ddechrau chwarae bingo.

"Y bws naw heno, ferched?" gofynnodd y tocynnwr.

"Ie, fel arfer, Ianto," ebe'r côr o leisiau.

"A phaid â mynd o'n bla'n ni," meddai'r alto.

Daliai Marged i chwilio: gallai wirio bod siop bapur wal wedi bod yn y cyffiniau hyn rywbryd. Diain, dyna hi'n bradu'i hamser pan allai fod yn gwneud rhywbeth gwerth chweil, yn lle treulio lledr da a hwnnw'n brin y dyddiau plastig hyn, ac i beth, gwedwch? Clywodd glychau'n dynesu, a sgrialodd lori dân heibio. Fe fyddai'n gysur bod yn nistawrwydd ei chartref, pe bai dim ond i wnïo botymau ar ddillad Delwyn a Dylan neu ddarllen nofel ysgafn. Ar ei thramp ar hyd y stryd ddilewyrch, sylwai mor llwm oedd y tai llwyd rhibidirês di-ardd. Sylwodd yn arbennig ar un cwrt a'r clematis porffor tywyll yn tyfu'n garthen trwy'r dellt. Croesodd y sgwâr wedi i'r fen hufen iâ fynd heibio â'i "jing-a-ling". Wrth gamu i'r pafin, syllodd i fyny. Roedd waliau ffrynt y tŷ cornel wedi hen ddymchwel, ond ar ei lofft fe welai getyn dwy wal yn para ar eu sefyll, ac arnyn nhw gornelyn syber wedi'i bapuro â blodau clematis, yn rhwydwaith porffor hyfryd rhwng dail gwyrdd ar gefndir gwyn.

O ddifrif, rhaid troi yn ôl yn awr, meddyliai; fe fyddai'r plant yn disgwyl eu te gyda hyn. Wfft i'r patrymau mawr cyfoes na allai gyd-fyw â hwy. Pe bai'n cael blodyn mân yn awr – briallen wylaidd neu batrwm heulog, dyweder, hyd yn oed flodyn cawl. Wrth y *Fine Fare*, trodd i mewn i siop bapur wal am yr ail waith y diwrnod hwnnw, a chlatsh ar ei chyfer wele batrwm o bys pêr pinc gydag ambell sbrigyn porffor – yr union beth! Ac yn y fargen cael cyngor y byddai paent sidanaidd siclamen yn cydweddu i'r dim.

Yn y maes parcio, pwy oedd yn clebran â Gruff ond Huws y plismon â'i ddwy foch goch, mewn crys siclamen! Rhyfedd gweld plismon mewn dillad diwetydd yn lle'i lifrai arferol.

Wedi te, ni allai Marged aros i glebran cyn torchi llewys a chydio yn y brws paent. Pan aeth i lawr i'r gegin ymhen awr, drwy'r ffenestr gwelai Gruff gyda Delwyn a Dylan yng ngwaelod yr ardd wrthi'n hedfan barcutan. Gallai hwn bego; âi lan i'r awyr, ac yna swish i lawr. Gwelai Gruff wrthi'n hyfforddi'i etifeddion sut i ddanfon negesau i fyny i'r entrychion: clymu nodyn wrth linyn y barcutan. A doedd Gruff ddim ym meddwl am olchi'r llestri felly! Ond dyna fe, meiriolodd; cafodd y plant awr ddifyr, ac o leiaf fe gadwodd nhw ill dau oddi ar ei llwybr am ysbaid.

Roedd hi'n fendith mai unwaith yn y pedwar amser yr âi hi ati i bapuro. A beth bynnag am Gruff, druan, fe fyddai Bopa

Gwen wrth ei bodd. Gallai'i chlywed hi nawr:

"A mae'n Marged ni wedi papuro. Fe ddylech chi'i weld e, wir. Dyna i chi'r papur perta weles i 'to!"

"NAMYN DUW..."

ALLAI MARGED DDIM goddef priodasau hwyr y prynhawn; wel roedd pedwar o'r gloch yn hwyr glas iddi hi, beth bynnag. Heddiw roedd y capel wedi bod dan ei sang, a llawer o bobl ifainc yno na thywyllodd gapel erioed yn eu byw. Wrthi'n llygadu'r Gwyddelod o ochr y priodfab yr oedd hi pan gyrhaeddodd ei chefnder gydag Eldrydd, ei ferch, ar ei fraich. Roedd hi'n edrych yn hyfryd dangnefeddus, heb fradychu dim o'r cynnwrf a fu ar yr aelwyd, mi wrantaf, i gyrraedd mewn pryd o ganol ffrwcs gwaith. Mor loyw ei llygaid, a'i gwên yn cynhesu calon pawb; lodes osgeiddig yn dal ei phen yn uchel, a'i cherdded urddasol heb glapian dim mai ar glos fferm y'i magwyd hi. Roedd Marged hithau fel pob merch, wrth ei bodd o weld y briodferch. Cyn bo hir câi aduno â'r teulu yn ystod y wledd a chlywed hynt a helynt hwn a'r llall… ond mae tragwyddoldeb wedi'i dreulio oddi ar hynny.

Wedi tynnu'r lluniau diddiwedd, a neb o'r tylwyth yn cael ei adael allan, diflannodd pawb i'w ceir. Fe droeson nhw i'r chwith, fel pawb arall am a wydden nhw, ond am y pâr ifanc a droes i'r dde.

Erbyn hyn roedd hi'n hwyr, a Gruff yn gyrru ar y cyflymaf.

"Cymer bwyll nawr, a thithe'n dod at y creigie," meddai Marged. "Weli di ddim o'r rhybudd i arafu?"

"Yn Saesneg y mae e," meddai Gruff, ond arafu a wnaeth serch hynny.

"Da ti, cae'r ffenest na, neu fe fogwn ni yn nhawch y sylffwr," ebe Gruff. Ac wrth gael cip olaf, megis, cyn codi'r ffenestr, dyna'r pryd y gwelodd Marged y ffigwr… du fel y fagddu o'i gorun i'w sawdl; ei ŵn llaes yn ymestyn hyd at y llawr.

"Whiw!" meddai. "Diolch byth nad fi sy'n gyrru, neu yn y gors y bydden ni erbyn hyn."

"O ble ddiain y daeth e mor sydyn?" gofynnodd Gruff. "Doedd e ddim ar yr hewl hon eiliad yn ôl."

"Camu dros y glwyd na wnaeth e."

"Doedd dim hawl da fe i fod ar y draffordd."

"Cerdded ar y borfa roedd e. Welaist ti i olwg e? Roedd rhyw rwydwaith da fe dros ei wyneb, a wyddost ti, mi allwn i weld y parddu o dan yr hosan yna."

"Welaist ti – roedd y feil yn hongian fel lliain hyd at ei ysgwydde fe, a'r tylle crynion na – roedd e'n dal i syllu arna i am gryn eiliad. Llygaid cols byw, diramant, diaelie. Fe aeth rhyw ysgryd i lawr main y nghefen i."

"Wyt ti'n cofio sut un oedd e?"

"Tene a thal. Roedd cymaint o frys arno fel roedd e'n gwyro ymlaen ac yn dal ei odre rhag iddo faglu, yn gymwys fel dy fam yn dod i lawr y grisie pan aeth hi i'r Plaza. Ond cofia, *dyn* oedd e, does dim dwywaith am hynny. O Gruff, yr olwg na roddodd e arna i. Chysga i ddim heno, yn siŵr i ti."

Roedden nhw wedi croesi'r bont ac wedi cyrraedd y twmpath troi, a Gruff yn gwasgu'r sbardun unwaith eto: 65–70–75! Marged yn dweud dim ond yn diolch am glydwch y modur, am y gwydr a'r olwynion yn troelli. Yma roedd tai ar y tywod – tai ar bennau'i gilydd; tref yr arian mawr a'r *roulette*. Ac eto, yn y dref hon yr oedd Eldrydd am fyw. Tref glòs, gartrefol, meddai hi, a thipyn o'r diwylliant Cymraeg yn para ynddi. Ond i'w modryb, tref y llygredd a'r trachwant oedd hi; y mynyddoedd urddasol gynt wedi crebachu i'r cyrion, a'r teiach heb lesni, na choeden na lawnt i sirioli dyn a lleddfu'i nerfau.

"Mae rhywbeth yn ganibalaidd mewn tref fel hon", meddyliai Marged.

Wedi cyrraedd Bwtri'r Meillion, ymroi i chwilio am le i barcio. A dyma'r perthnasau yno'n drwch, pob un yn gwisgo blagur rhosod pinc gyda deilen fraith yr iorwg yn eu rhwyll. Cafodd Marged ei chyflwyno i'r fam-yng-nghyfraith, hithau mewn gwisg wyrddlas a ffrilen am y gwddf a'r garddyrnau, a het bluog wyrddlas am ei phen. Bu trafod ar y pâr ifanc yn dechrau ar eu byd. Na, doedden nhw ddim yn mynd i ffwrdd i fwrw'u swildod; roedd ganddyn nhw dŷ yr oedd tair hen fodryb wedi'i roi iddyn nhw. Roedd chwaer wedi rhoi Kenwood Chef, chwaer arall sugnwr llwch, a'r fam-gu, bendith ar ei phen hi, wedi rhoi rhewgell. Roedd ffôn yn barod yn y tŷ. Ac yr oedd bob o gar ganddyn nhw, wrth gwrs. O bydden; fe fydden nhw'n para i weithio ill dau. Roedd Eldrydd newydd gael dyrchafiad.

Ond ni allai Marged gyfrannu at y sgwrs, ac yr oedd ceisio gwrando yn fwrn.

"Byd braf, yntefe?" meddai'r fam-yng-nghyfraith. "Set o sosbenni a gefais i 'da mrawd a llieiniau sychu 'da'm chwaer pan briodais i. Gartre gyda'm rhieni y buon ni'n byw am flwyddyn wedyn, er bod chwech o blant mân heb fynd dros y nyth ar y pryd."

"Marged fach," meddai'i modryb, "beth sy'n bod arnat ti? Rwyt ti'n ddiwedwst dros ben, ac yn wyn fel y galchen."

"Welsoch chi nhw?"

"Pwy? Y pâr ifanc? Naddo, ond i'r chwith y troesom ni."

"Rho wydred o sieri i Marged, Idwal," meddai Modryb. "'Drych ar ei gwedd hi wir." Dim ateb na chyffrad, a chanfu Marged y pryder yn wyneb y tad.

"Ei di yn ôl, Gruff, rhag ofon bod teier wedi hollti neu'u bod nhw wedi rhedeg ma's o betrol? Mae'n well i fi ffonio'r heddlu."

"Gwnaf, wrth gwrs, ar f'union! Ond dere di, Marged, gyda fi. Does dim gwahaniaeth i fi rhwng Gogledd a De heb y mheilot ." Ac i ffwrdd â nhw i chwilio.

"Beth wyt ti'n feddwl sydd wedi'u rhwystro nhw?" meddai hi'n ofidus.

"Twt baw, falle fod rhyw blant wedi dala rhaff a chwt mochyn ar draws yr hewl."

"Ydyn nhw'n para i wneud hynny y ffordd hon o hyd?"

"Wyt ti ddim yn cofio'r llinyn o benne

ceiliogod a glymon nhw y tu ôl i'r car ddydd ein priodas ni?" ebe'r gŵr.

"Paid â chellwair, Gruff bach, rwyn erfyn arnat ti."

Ymhen ennyd:

"Wyddost ti, Gruff, mae'n chweched synnwyr i'n dweud wrtho'i fod rhywbeth mawr wedi digwydd."

"Da ti Marged, gad dy lap, wnei di? Rwyt ti fel melin yn malu'n wag."

Yn ôl eto o gwmpas y twmpath troi a thros y bont.

"Wyt ti'n cofio'r diawl na welson ni fan hon gynne fach?"

"Dim diawl mohono, Marged, os nad diawl o ddyn."

Roedd ei llwnc hi'n sych fel sglodyn, a hithau wedi cael mwy na'i siâr o glebran. Troi yn awr i'r dde, a gweld ar y graig mewn gwyngalch, y geiriau: "Bydd barod i gyfarfod â'th Dduw."

"Wyt ti ddim yn meddwl y dylen ninne ffonio'r heddlu? Wedi'r cyfan *mae* yna bethe rhyfedd wedi bod yn digwydd yn y cyffinie hyn yn ddiweddar. Dyna i ti Dafarn y Bont, er enghraifft. Fe all fod ein hamser ni'n brin."

"O'r gore. Fe gei di, Marged, ffonio o'r bwth 'co."

"Gruff bach, mae ngheg i mor sych â sglodyn. A pheth arall, dwyt ti ddim yn disgwyl i'r plismyn gymryd sylw o ryw wraig fel fi? Rwyt ti'n gwybod beth ddywedan nhw. 'Mewn panic mae menywod wastad,' neu 'On'd o's dychymyg gyda chi'r merched!'"

Casáu pob offeryn a phob peiriant a wnâi Gruff erioed, er ei fod yn gallu dygymod â'i gar bellach. Gallai'i wraig glywed ei lais yn crynu wrth iddo godi'r derbynnydd a deialu:

"Cofia ddweud am y cymeriad rhyfedd hwnnw ar y bont, Gruff." Roedd hi wedi ymwthio i'r bwth ato, gan na allai feddwl am aros allan.

"Beth ddwedodd e, Gruff?"

"O, dyw e'n cymryd fawr o sylw. Esboniad hir yn gyntaf nad yw'r plismyn y ffordd hon ddim yn siarad Cwmra'g, a'i fod ynte wedi cael ei yrru o Ddyfed i weithio yn yr ardal. Gofynnodd wedyn pa bryd y gwelson ni'r cymeriad rhyfedd yna â'r mwgwd ar ei wyneb, ac awgrymu mai hipi oedd e; y dylen ni aros ar fin y ffordd i weld y pâr priod rhag ofon iddyn nhw fynd heibio; wedyn awgrymu y gallai'r pâr fod wedi sefyll mewn rhyw gilfach i gael gwared o'r conffeti. Mi glywais i'r slob yn chwerthin am ben ei jôc ei hunan. Pe bai e'n gwybod colli Eldrydd, fyddai e ddim yn smalio i ti."

Sychodd Gruff y chwys oddi ar ei dalcen. Roedd y bwth ffonio fel ffwrnais, a'i wydr wedi cronni gwres heulwen Awst. Ymbalfalodd am y drws, a'r drydedd waith fe'i cafodd.

"Os yw'r bwystfil 'na wedi dodi'i ddwylo ar Eldrydd, mi wadwn i e nes bo'r llau'n llefain arno."

Yn ôl at y car, a gwddf Marged yn troi i'r dde a'r chwith fel pen tegan o gi yn ffenestr gefn car. Roedd y drafnidiaeth yn drwm, teuluoedd bodlon yn dychwelyd o'r traethau. A dacw fe! Y car priodasol ar y cwrbyn; y rhubanau gwynion a'r bedol arian wrth ei gwt, ac... O NA... ie, ar ei llw, Kevin, a'i freichiau ar led dros y llyw – yn ddiwedwst mwy. Roedd ei llygaid a'i gwefusau'n gras. Cydiodd Gruff yn ei hysgwyddau a'i thynnu i ffwrdd gydag ef.

"Dere, Marged fach. Fe awn ni i chwilio am Eldrydd." Canfod conffeti ger y sticil; mynd drosti. I lawr â nhw at lan yr afon lefn lle'r oedd hwlc o long yn cael ei datgymalu bob yn dipyn, ond a hithau'n Sadwrn, doedd dim gweithiwr ar ei chyfyl.

"O paid â mynd i berfedd honna, neu ddeui di byth oddi yno'n fyw. Mae ofon drybeilig arna i. Alla i ddim â chroesi'r eil. Alla i ddim, tawn i'n marw!"

"Does dim raid i ti ofni, rwy i yma gyda ti", a theimlai gadernid ei fraich.

"Rhaid ei fod e'n llechu yma gyda'r nos, ac weithie'n torri llwybr tarw ar y draffordd. Dere, wir, Marged. Rhaid i ni weld ym mhle mae

Eldrydd," a dechreuodd groesi'r eil. Nid cynt y dododd ei droed ar y bont na ddilynodd hithau. Roedd cysgodion ar y dec, cysgodion dyfnach ar y grisiau culion, ond i lawr yr aethon nhw law-yn-llaw. Roedd sŵn y tonnau'n llepian ystlysau'r llong yn gwneud iddi deimlo'n anniddos a llaith, er bod ei dwylo'n ludiog gan chwys. Ar y gwaelod gwelson nhw ddrws ar agor, a chamon nhw i mewn yng ngolau isel llusern ar y mur. Roedd yna welyau morwr, ac ar un roedd blancedi heb eu taenu. Pastai gig a phicls ar y ford, a chetyn pib.

"Neb yma."

"'Drych!" Pwyntiodd y tu ôl i'r drws lle hongiai feil goch. "Dere Gruff, dere, dere!" Wrth ddringo'r grisiau yn ôl, fe ronciodd yr hen hwlc nes eu taflu nhw yn erbyn ei gilydd. Fe allai Gruff fod wedi clywed ei chalon hi yn pwno'n fân ac yn fuan y funud honno, fel morthwyl Huw y saer cywir.

Ni chymerodd chwinciad iddyn nhw

groesi'r eil yn eu hôl, ac yr oedden yn falch hyd yn oed o'r tir corsiog dan eu traed. Roedd gwylder ar Marged, a'r diffyg maeth er y bore yn dweud ar ei cherdded llesg. Fe adfywiodd blas yr heli a'r awel fain hwy ryw gymaint.

"Edrych, Marged," meddai Gruff, gan bwyntio fry at y coed ar y llethr. "Wyt ti'n gweld llygedyn o ole fan 'co. Mae yna eglwys. Dere i ni gael gweld," gan hanner ei llusgo ar ei ôl.

Roedd tywyllwch y goedwig wedi cau amdanyn nhw. Diolch i'r mawredd fod Gruff gyda hi yno. Dringo'r llechwedd yn galed. Clwyd y fynwent ar agor. Drws yr eglwys yn gilagored. Trodd Gruff ati a dodi ei fys ar ei wefus. Wedi iddo ei thynnu i ben beddrod, gallai gael cip drwy'r cwareli. Oedd, roedd yno ffigur yn y gangell. Nid offeiriad yn ei wisg wen mo hwn, ond adyn du, pum troedfedd deg modfedd i chwe throedfedd, gallai daeru. Ar yr allor roedd dwy gannwyll ar gynn. Yn awr roedd dwy fraich ddu fel ystlumyn hurt wrthi'n gosod blodau canwelw ar yr hyn a dybiai hi oedd yn les Brugges cyn wynned â'r carlwm. Yna plygodd – a chodi corff yn ei freichiau: corff merch! Ar odre'i gŵn llaes gwyn roedd llaid y gors, a fflachiai diemwnt ar ei bys. Eldrydd, eu Heldrydd nhw! Gosododd hi i orffwys yn dyner yn nhraed ei hosanau ar yr allor, a'i phen yn cwympo'n llipa i'r naill ochr, gan adael yn amlwg y rhimyn coch ar ei gwddf isel.

"... Wrth fy modd yn cynhyrfu'r Gwyddel o ŵr sydd i ti. Yma y cei di dy fis mêl yn awr; o lili'r dyffryn, fy lili i," sibrydodd, a gwyrodd i'w chusanu'n orffwyll. Yna ymostyngodd ar ei ddeulin gerbron yr allor.

Gan frathu'i thafod fe droes Marged ymaith yn fud oddi wrth yr olygfa.

"Dere," meddai llais cryg Gruff, a theimlodd wres ei ddwylo'n dadmer ei breichiau parlys. Dyna'r pryd y sylweddolodd ei bod yn cofleidio â holl rym ei breichiau, y garreg fedd gerllaw. Roedd angerdd ei galar wedi'i throi'n dalp o farmor, waeth ni allai deimlo oerni'r garreg na'i chaledwch wrth ei gwasgu mor filain.

"Namyn Duw, pwy a'n dyry pwyll?"

Y Tân sy'n Puro

Roedd teledu yn yr ysbyty, ond beth gwell oedd hi a'r lluniau'n crynu? Wedi meddwl clywed y gwasanaeth Cymraeg yr oedd Marged, gan mai'r unig wasanaeth a geid yno oedd yr Apostolig Saesneg. Man a man iddi ddychwelyd i orwedd ar ei gwely am ryw awr. Cerddodd at y drws dan lusgo'i llopanau.

"Esgusodwch fi," meddai dynes dal, "on'd oes dim nyrs yn yr ysbyty hwn? Rŷn ni wedi bod yn aros ers hanner awr."

"Mi alwa'i ar rywun i ddod atoch chi'n awr," meddai Marged gan groesi'r coridor a rhoi'r neges i nyrs fach fywiog a oedd yno'n denu un o'r cleifion i roi heibio'r gwargamu.

"Wedi dod â'm gwraig rydw i i gael triniaeth lawfeddygol," meddai'r dyn busnes trwsiadus yn ei drowsus plyg a'i wasgod borffor.

"O, Cecil, oes rhaid ifi odde'r driniaeth? Gadewch inni fynd odd ma."

"Na, na. Clywch, merch i; bydda i'n dod i'ch hôl chi drennydd. Dyw e'n ddim byd. Lwmpyn bach, meddai Mr. Owen."

"Ers pa bryd y mae e gyda chi?" holodd Marged yn eiddgar.

"O dim ond pythefnos, ond aeth Cecil â fi heb whare dim at Mr.Owen idd i dŷ. Chwe gini a gostiodd. Wel wir, ydy pawb wedi marw yma? Dewch, Cecil, cyn i neb ddod." Ond ar y gair wele'r nyrs fach yn camu'n fân ac yn fuan i mewn at y pâr, felly yn ôl â Marged i'w ward.

Pythefnos – dyna i gyd, a hithau wedi bod tri mis cyn cael yr ewyllys i fynd at feddyg. Crychodd Marged ei llygaid yn dynn wrth gofio er ei gwaethaf y prynhawn hwnnw.

"Mae crwtyn Pwllhalog wedi marw 'te?"

"Odi e?" difater wrth Gruff, ei gŵr. "Gwyn ei fyd!" Yna ymhen eiliad:

"O beth y bu e farw?"

"Cancr."

"Wel dyna mwy o le i bobol eraill. Hei! I ble'r wyt ti'n mynd?"

"I weld y meddyg."

"Pam?"

"Lwmpyn ar y frest."

"Na! Wyt ti'n siŵr?"

"O, dim ond mynd i weld beth ddwedith e," ac allan â hi ar redeg bron, cyn newid ei meddwl. Do, bu hi'n hir yn oedi. Ddeuddydd ynghynt fe geisiodd drefnu oed â'r meddyg. Fe gâi ei weld yn awr.

"Y nesa!" ac i mewn â Marged i'r ystafell gyfyng, dywyll.

"Beth ga'i wneud drosoch chi?" undonog – dim diddordeb.

"Mi hoffwn i gael archwiliad."

"Hm, ble'r ych chi wedi bod merch i? Mae cymaint ag wy – yn galed ac yn dynn am y croen. Does dim amdani ond y gyllell. Torri'r fron bant."

"Dduw mawr!"

"Peidiwch â becso, merch i. Mi drefna i'r cwbwl. Fydd ddim rhaid i chi wneud dim."

Ac yna allan â hi i'r stryd ddiloches. Safodd ar y sgwâr a'i fynd a'i ddod. Daliodd ei hanadl tra croesai corgi rhwng mini a lori. A oedd unrhyw beth y gallai hi 'i wneud? Doedd dim hyd yn oed bresgripsiwn yn ei llaw fel y gallai wau drwy'r drafnidiaeth at y fferyllydd yr ochr draw. Croesodd y bont, ac am eiliad syllodd i'r nant wyllt a garlamai yn ei blaen. Byddai'n braf hyd yn oed gael swatio dan y bont a gadael i'r trampio a'r llifeiriant fynd yn eu blaen. Ond roedd y muriau cerrig oddeutu yn ei chaethiwo ar ei llwybr yn ôl at ei theulu, yn ôl at yfory!

Wedi'r cyfan, roedd pymtheg yn oedran tyner i gael ei gadael. Dringodd igam ogam, a'r haul yn meiddio tywynnu. Arhosodd funud i glywed y gwcw. Onid ym mis Mai y bu farw ei mam – Calan Mai a'i addewid am ddyddiau gwell?

"Beth ddywedodd y meddyg?" holodd Gruff.

"Cancyr."

"Dere 'ma."

"At beth?" Cydiodd yn gadarn yn ei hysgwyddau.

"Clyw, Marged, cred hyn, rwy am i ti wella. Wyt ti'n deall?"

* * *

Y noson honno, wylodd Marged ddim.

* * *

Yn y ward roedd Menna â'i gwallt yn hongian yn sgilps, ei hysgwyddau'n llipa a'i thrwyn a rhimyn ei llygaid yn goch. Edrychai'n druenus yn eistedd yn ei chornel, a'i ffon wedi cwympo o'i chyrraedd; hithau'n malio dim am hynny.

"Beth sy'n bod, Menna fach?" holodd Marged.

"Mae'r Chwaer Samson yn gweud y ca i fynd adre ddiwedd yr wythnos."

"Ond pam rwyt ti mor ddigalon? Bydd hi'n braf arnat ti."

"Dyna beth rwyt ti'n ei feddwl. Fe wyddost ti fod Gwyn wedi cael digon ohono i. Bydd e ddim yn disgwyl pan a i adre."

"Fe fydd yn rhaid i ti ddysgu byw hebddo fe yn awr."

"Marged, arna i roedd y bai. Rwy wedi ffaelu. Rwy wedi darfod."

"Gad dy lol. Rwyt ti'n ifancach na fi, a mae digon o ffrindie da ti."

"Ond does ar neb f'eisie i yn awr. Rwyn gloff a mae'r gwynegon wedi'n heneiddio i cyn pryd. Beth wna i? Rwy am glosio at rywun sy'n perthyn i fi. Meddyliais y gallwn fynd at Modryb Betsan, ond rwyn ormod o gyfrifoldeb iddyn nhw yn awr.

'Rhaid i mi feddwl am Mam. Mae hi'n hen' – dyna beth gefais i. Mi holais i wedyn am ryw fwthyn yn agos i'r Llannerch:

'Na, does dim tai y ffordd yma, na gwaith iti,' meddai. Mae hi wedi dod i'r pen arna i. Mi allwn fynd at fy nghyfnither yn Birmingham. Mi allwn fynd am dro i'r parc bob dydd, a gwylio'r teledu lliw. O Marged, rwy wedi ceisio credu. Rwy wedi ceisio gweddïo." Gwasgodd Marged ei llaw gnotiog, ond ar hyn daeth nyrs i'w chyrchu at y dideimladydd. Estynnodd y ffon i Menna cyn mynd i'r ystafell aros.

Yn y man daeth y dideimladydd i mewn â gwên ar ei wyneb i'w chyrchu i'w ystafell ei hun.

"Mrs. Marged Morgan ife? Rych chi'n cael eich triniaeth yfory. Rwyn hoff o weld y cleifion y diwrnod cynt iddyn nhw wybod beth sy'n digwydd," meddai. "Ydych chi wedi cymryd rhyw gyffurie?"

"Nac ydw. Ceisiais fod hebddyn nhw. Bydd hi'n well da fi gysgu'n hir ar ôl y driniaeth," meddai.

"Ych chi'n ysmygu, Mrs. Morgan?"

"Nac ydw. Ofynnais i ddim am y clefyd hwn," ychwanegodd.

"Peidiwch chi â becso, Mrs. Morgan. Fe ofalwn ni amdanoch chi."

I anghofio gwewyr y disgwyl, fe aeth Marged am naw o'r gloch y nos i baratoi te a mynd ag ef o gwmpas ar y droli anferth, gyda chlaf arall. Trueni na allai Menna ddod gyda hi. Mewn ystafell gyfyng ger y gegin fe welodd ddwy wraig ifanc a oedd newydd gael triniaeth y bore hwnnw. Fe gysgai un yn dawel, ond ystwyriai'r llall, a syllodd Marged ar y botel o waed yn araf ddiferu i lawr i'w braich. Agorodd ei llygaid.

"Sut ych chi heno?" Dim ateb.

"Fynnwch chi de?"

"Maen nhw wedi mynd â hi. Fe dorron nhw hi bant," meddai'r wraig ifanc dan wingo.

"Rwy inne'n cael fy nhriniaeth yfory."

"Ddwedon nhw ddim byd wrtho'i y byddai hyn yn digwydd. Wyddwn i ddim tan hanner awr yn ôl."

"Clywch, rwyn mynd â'r te hwn i ben y coridor, ac yna fe ddo i'n ôl inni gael sgwrs fach, neu fe fydd yr hen Fisys Harries siŵr o gwyno bod y te'n oer." Ond pan ddychwelodd yn hwyrach, roedd y wraig ifanc ym mreichiau cwsg. Wrth syllu i lawr arni, clywai blyciadau'r rhwymyn sy'n clymu at ei gilydd bob claf a erys ei dro mewn ysbyty.

Yn hwyrach yn ei gwely, fe welai'r gwaed yn dal i ddiferu. Pam y mae gwraig yn gorfod dioddef o achos halogi'r amgylchfyd? Ai rheol natur yw os bydd i ddyn halogi'r greadigaeth, ei fod ar yr un pryd yn ei ladd ei hunan? Neu ai Duw yn ei ddoethineb sy'n sicrhau os bydd dyn yn dirmygu'r Cread, na chaiff yntau greu epil iddo'i hun? Ai moddion i ddatrys problem y gorboblogi yw cancr, fel erthylu? Oni ddywedodd J.V. Neel mai'i gynhysgaeth enetig ei hun yw eiddo mwyaf gwerthfawr dyn, a bod pob cenhedlaeth yn ei gwarchod hi er mwyn y cenedlaethau i ddod?

Beth oedd ei phechod mawr hi? Ai dyheu am farw wedi'r siom, taflu her bywyd fel sach i'r ffos, a chofleidio'r awydd i ddianc rhag y trybestod hwn? A fu hi'n ddiolchgar am a gafodd – hanner canrif o iechyd i'w ryfeddu a gŵr a roddai iddi bob rhyddid, a phlant annwyl a'i parchai? Chwarddodd yn sarrug o gofio mai 'i harswyd pennaf oedd meddwl y byddai ryw ddydd yn colli 'i dannedd. Ie, cysur iddi hi oedd Gruff a'r plant. Beth petai fel Menna, heb neb yn swcwr iddi, ei thŷ yn wag, heb ŵr, heb blant, a chymydog a pherthynas yn cadw draw, y naill fel y llall wedi blino'i harddel hi bellach? Ac eto, onid rhywbeth tebyg a ddigwyddodd yn ei hanes hithau? Mewn munud awr fe ddaeth yn erbyn mur: gwelodd ei darlun o'r lôn ffawydd hydrefol yn deilchion wrth ei thraed fel na ellid byth eto glytio'n gyfanwaith y llwybr at yfory.

Cofiodd ei sêl o'r cychwyn yn y clwb, sut y gweithiodd fel ffŵl: llythyru at hwn a hon, trefnu'r twmpath dawns, y ddrama, partïon Cerdd Dant. Oni chlywsai'i chymdoges, Mrs.Bowen, lawer tro yn dweud mai celwydd yw honni na laddodd gwaith neb erioed? Bellach roedd Mrs.Bowen yn ei bedd, a'i gŵr fel crwtyn deunaw oed o gwmpas y tŷ a'r ardd, ac yn dal i sôn am ei fabinogi pan galifantai ar draws gwlad yn ei gar bach coch. Hyhi, y groten o'r wlad a fu'n condemnio bwydydd tun, ysmygu a physgod cregyn y baeau poblog, oni allai amgyffred mai halogi corff yw ei drethu hwyr ar ôl hwyr a chodi gydag awr cydwybod i ailgydio yn y gwaith nas gorffennwyd? Y gannwyll yn llosgi nos ar ôl nos, a'r gwêr a'i lysnafedd a'i fwg yn syrthio i'r frest i flaguro yn gornwydon – yn llidus a phigog fel ysgellyn neu eithin yn y man.

Syllodd ar ei llaw dde winau wrth ochr y ffenestr, ac yna ar ei llaw chwith mor wyn. Do, fe feddyliodd fod ei chorff yn gryf ac yn wydn, ac y gallai fforddio'i drethu ond iddi ufuddhau i alwadau cwsg yn awr ac yn y man.

Heddiw, torri deddfau natur, yfory talu'r pris. Fe welodd hi'r meddyg pan ddisgrifiodd y dolur yn cerdded – y pinnau ar y sternwm, y dreth ar ei chalon, y gwynegon ar hyd ei braich. Dychwelyd ato a wnaeth hi wedi mis arall o ddisgwyl am wely yn yr ysbyty, a chael yn y diwedd fod ei henw wedi diflannu oddi ar y rhestr, a hithau'n hollol ddiymadferth. Doedd hi ddim hyd yn oed yn rhif iddyn nhw bellach. A pham gynllwyn yr oedd yn rhaid iddo gynnig y pelenni gwyrdd a du hynny ac ymhŵedd arni i'w cymryd? Fe'u cymerodd oddi wrth y fferyllydd o achos na allai ddweud beth fyddai yn yr arfaeth iddi. Pedwar mis er y dechrau! Syllodd ar y Testament Newydd ar y locer. Damwain oedd iddi droi at y gwyrthiau. Ers dyddiau bu'n erfyn am wyrth.

"O Dduw, aed y cwpan hwn heibio," sibrydodd.

Ar hyd y blynyddoedd fe deimlai fod ganddi gyfraniad, ond yn awr fe allai wylo hyd at farw. Teimlai fel ysgerbwd o gar di-olwyn, di-lyw wedi'i adael ar domen o geir anobeithiol. Y funud honno clywodd bersawr y friallen a adawyd wrth erchwyn ei gwely. Pa hawl oedd gan honno i wenu'n siriol yma? Ond chwarae teg hefyd i Guto am ddod â thusw iddi. Roedd ef bob adeg ar ei orau, a doedd ryfedd yn y byd mai ef oedd ysgrifennydd y Clwb.

"Paid di â chymryd yn ganiataol, ngwas i, y bydd dy orau di'n gwneud y tro bob amser. Oes gystadlu yw hon. Os cystadlu mewn eisteddfod oedden nhw yn y ganrif ddiwethaf, cystadlu i fod yn geffyl blaen yw hi heddiw."

Meddyliodd am y Trefnydd Sirol, y coegfalchyn. Beth a wnaeth ef i ysgwyddo peth o'r baich pan ddaliwyd rhai o'r bobl ifainc yn ysmygu canabis yn y cut yng nghefn y Clwb? Dweud mai ceisio'i phoeni hi roedden nhw yn fwriadol, mai'r peth doethaf yn ei dyb ef oedd gadael fod iddyn nhw, ac yna fe roen nhw'r gorau i chwarae'r act a cheisio codi'i gwrychyn. Ond beth am y plant yn hisian pan awgrymodd hi y gallen nhw baentio'r drysau?

"Ysgydwa nhw. Cernod gaen nhw da fi am beidio â thynnu'u pwyse." Ond ceisio'u denu nhw i'r Clwb oedd yr her, eu denu nhw i ymddiddori am oes, ac nid eu gorfodi. Fel dillad chwyslyd yn twmblo mewn golchwr, daliai meddyliau Marged i gorddi. O ran hynny a oedd eisiau'r holl ffws o achos ei fod e, 'Mi Lord,' yr Arglwydd Penpysg, yn dod, yn hamddenol ei gam, i gael cip ar y Clwb adeg y dathlu? Beth wyddai ef am ei llu problemau? Dyna'r pryd y gwelodd wynebau pobl gestog na fu ar gyfyl y fan cyn yr achlysur hwn. Iddyn nhw, y siew oedd yn bwysig. Ond pwy a all fesur gweithgarwch clwb mewn prynhawn cwta? Y bobl ifainc a fu'n carco'r hen, hyd yn oed pan oedd hi'n rhewi'n gorn a phan oedd cwtogi ar y trydan. A welodd ef, 'Mi Lord,' Idwal bach yn hwpo cadair Gwilym Jones hyd at y Comin? Wydden nhw fod Siriol Huws wedi dal ati trwy gydol y gaeaf i siopa dros yr hen Farged Lewis?

Erbyn hyn roedd y ward yn dawel a'r goleuadau disglair wedi'u hen ddiffodd. Pam y gwrthododd y bilsen gysgu a hithau'n gwybod mor hir fyddai'r noson hon? Heno, cofiai am y ddau lanc a gerddai ar fwrdd y llong o Jersey fel petaen nhw ar frig gwaneg. Mae'n debyg mai hwynt-hwy oedd y cymeriadau pechadurus – yn rhyfygu yn ein cymdeithas gyda'u hawgrymu geiriol, a'r 'wraig ifanc' ar fraich ei 'chymar', yn ei got ffwr ddu a'i flows sidanaidd Paisley, ei frocêd a'i handbag. Roedd yno donic a lliw, a'r ddau mor hapus â dwy wylan yn eu cynefin. Hithau heno i lawr yn yr howld, heb wybod ei nod bellach, yng nghanol y rhaffau dryslyd.

Ie, siom sydd yn lladd.

Onid pechod oedd aros yn y cyflwr hwn? Ac eto, beth allai 'i diben fod bellach? Am ddyddiau fe geisiodd dreisio'r cof er dysgu'r emyn hwnnw a ganodd y pedwarawd yn ddigyfeiliant yn yr eisteddfod:
"O! rho yr hedd na all ystormydd garwaf
Ei flino byth, na chwerwi ei fwynhad."
Trannoeth tywynnai'r haul yn glir drwy'r ffenestri newydd eu glanhau. Roedd ffedogau'r nyrsus cyn laned ag erioed, y bore'n bur â'i awel iachus, a phawb yn llon.
"Y Gŵr a'm deil y funud hon
A'm deil i eto i'r lan."
Yn ei byw ni allai ddweud ai salm neu emyn neu'i dychymyg ei hun a lefarai'r cwpled wrthi. Toc, daeth y wraig a gafodd ei llusgo i mewn gan Cecil, ei gŵr, i eistedd wrth erchwyn ei

gwely a thynnu mwgyn yn braf tra arhosai amdano i'w dwyn adref. Cafodd Marged bigiad wedi iddi wisgo'r cap bach gwyn. A oedd ffrilen iddo? Roedd hi'n ffodus na fyddai raid iddi hi gael y driniaeth erchyll waedlyd honno wedi'r cwbl. Daeth rhywun i'w gwthio ar droli drwy'r coridor. Doedd hi'n becso dim erbyn hyn, ond aeth hi heibio i Menna ar bwys ei ffon, a gwelodd hi'n edrych yn ddwys i'w chyfeiriad. Pan droeson nhw i mewn i'r theatr, yno'r oedd dau gawr tal yn sefyll yn unionsyth yn eu gwyrdd, yn dal eu breichiau ymhlyg, cyfuwch â'u hysgwyddau. Daeth y dideimladydd ati, yntau yn ei wyrdd; yn ddi-wên heddiw.

"O rwyn eich adnabod chi, Doc..." meddai wrtho.

Ond cyn iddi chwilmentan am ei enw, cydiodd ef yn ei bysedd, a chwympodd ei llaw yn llipa.

Yn ddiweddarach cafodd gip gwerth hen geiniog o dwnel hir. Bob ochr roedd dau gylch gwyn a phelen ambr fel haul uwchben, ac yna fe lyncodd y tywyllwch y cyfan.

Agorodd ei llygaid yn sydyn, ac yn y cornel yn glir yr oedd Gruff yn eistedd. Bendith ar ben y dideimladydd! Gwenodd, ond nid cynt nag y dechreuodd chwydu, a hynny cyn iddi allu rhoi'i llaw ar y graith. Camodd Gruff ymlaen i ddal y ddysgl, a chamodd hithau'n ôl i'r tywyllwch.

Rywbryd ganol nos, clywodd lais mwyn yn gofyn:

"Beth sydd?" Dihunodd, ac yn plygu drosti roedd y Chwaer Samson. Teimlai'i hesgyrn o dani yn gwynegu i gyd.

"Cymerwch dabledi," meddai.

"Ych chi'n meddwl y galla'i droi ychydig ar f'ochor?" holodd yn obeithiol. Plygodd y chwaer drosti; ysgafn sgathrodd y ffedog startsh ei hwyneb wrth iddi wthio'r gobennydd dan ei meingefn: y fath esmwythdra i'w haelodau briw!

Chwe wythnos yn ddiweddarach brasgamai Marged i fyny'r grisiau culion i ail lawr ysbyty arall.

"Rho brofi'r hedd a wna im weithio'n dawel...
Yng ngwaith y nef dan siomedigaeth flin."
a lifai drwy'i phen. Roedd newydd weld y llywydd anrhydeddus, ei gerddediad unionsyth a'i wallt a'i fwstas yn wyn fel mantell bardd. Daeth fflach o heulwen ei wên i oleuo'i wynepryd, a theimlodd hithau'n gynnes braf. Fel diferion gwlith ar grastir poeth yr oedd ei dirion ofal. Ei pherthnasau draw – naw wfft iddyn nhw a'u trafô. Mae'n wir iddyn nhw sgrifennu at Gruff i holi beth oedd yn bod arni, a beth wnaeth ef ond dod â'r sypyn llythyron i'r ysbyty iddi hi eu hateb! Onid canmil gwell ganddi weld ei chydweithwyr na'i pherthnasau difater? O ymweliad i ymweliad yr oedd hi'n byw y dyddiau hyn. Ar hyd yr wythnosau ymwelai Gruff â hi heb golli yr un ymweliad. Cyrhaeddai'n brydlon gan aros yn oddefgar am gyfle i gael gair i mewn.

Aeth Marged i mewn i'r ward, ac yn y gwely wedi'i dal yn y gwyll yr oedd Mrs.Huws.

"Dewch yma, Marged," meddai. "Cydiwch yn yn llaw, wnewch chi. Rwy wedi bod yma awr ar y mhen yn hunan. A, dyna well!"

"Rych chi wedi bod yn dost yn hir, Mrs.Huws?"

"Ydw, Marged. Mae'n bosib ei gadael hi'n rhy hir. Blwyddyn gron y bues i cyn mynd at feddyg. Gallai fod ddigon am fy mywyd i, meddai fe."

"Byddai'n well da fi farw na byw trwy'r driniaeth a gawsoch chi, Mrs.Huws."

"Marged fach, dyw marw ddim mor rhwydd â hynny."

"Mae'n rhyfedd beth all y corff ymgodymu ag e."

"Ond rwyn teimlo mor ddiamcan. Mae'ch cam chi, Marged, mor fwriadol bob amser. Rych chi'n mynd ar ryw berwyl bob tro y gwela i chi."

"Mi gefais i nodyn oddi wrth un o'r aelode ifancaf heddiw, Mrs.Huws."

"Do fe'n awr? Darllenwch e ifi, merch i."

"Dyma fe:

'Fe sgrifennais y llythyr hon i gwaid rhwbeth. Gobathio boch chi'n cadw'n iach. Rwyn gobathio bod chi'n dod nol i'r clwb am fod y clwb dim yr un peth hebddochi. Rwyf ar goll hebddoch chi. Siân Rees.'

"Ie, wir. 'O enau plant bychain,' yntê fe?

"All hon ddim deall gweledigaeth y beirdd, Mrs.Huws, ond trwy'i chalon ddidwyll, gall gyffwrdd â llinynnau'r galon."

" 'Daw dydd y bydd mawr y rhai bychain'," canai, wrth wasgu'r tamaid nodyn i encilion y locer.

"Huw Jones, canwr pop Cymraeg, a gyfansoddodd honna. O Rymni, run fath â chithe, Mrs.Huws."

Oedd wir, meddyliodd, roedd angen y Clwb arni hi yn awr, yn anhraethol fwy nag yr oedd ei hangen hi ar y Clwb. Aeth draw ar hyd y coridor i gael triniaeth â phelydrau-X. Rhyfedd bod cobalt yn gallu chwalu'r drwg. Daeth y ferch got wen ati yn wên o glust i glust.

"Mae Dr.Hamlyn yn dweud ein bod wedi llwyddo o'r diwedd i gael gwared yn llwyr o'r lwmpyn."

"Ydyn, diolch ichi. Mi ddywedais i wrthych chi mor bwysig y mae'ch gwaith chi."

"Efallai, ond dŷn ni fel rheol ddim yn gweld y cleifion ryw lawer wedyn."

Wrth orwedd ar y glwth a'i braich chwith yn ôl uwch ei phen, a'r pelydrau'n treiddio'n ddiffwdan, fe gofiai'r wythnosau o gonsyrn yn llygaid y meddygon. Cyn lleied roedd hi'i hunan wedi malio. Cerddoriaeth dawel ddi-eiriau a ddeuai o'r radio uwch ei phen.

"O Dduw," meddai, "dysg imi fod yn raslon.

I beidio â gogordroi ar fethiannnau'r gorffennol.

I beidio â chwerwi o lafurio'n ofer,
I beidio â llechu ar y domen sgrap.
Cryfha fy ffydd ynot Ti, o Dduw,
A thywys fi i'r dyfodol."

Heno fe gâi hi fynd adref. Wrth ddisgwyl am

Gruff, gwelodd hen ŵr yn tywys ei wraig ar draws yr ystafell ac yn ei gwarchod. O oedd. Roedd Gruff yntau yn ofalus o'i wraig. Ar eu ffordd adref yn y car bach yn hwyrach:

"Wyddost ti beth wnaeth Carlo neithiwr?" ebe Gruff. "Fe dynnodd dy flows sidan di rown i wedi'i smwddio, oddi ar yr hors, ei llusgo hi at y gadair freichiau, ac yna cysgu arni hi!"

"Dyma dyfiant ym myd natur, Gruff!"

"O's. *Mae* yna dyfiant," geiriau pwyllog, ac arlliw o wên yng nghorneli'i lygaid. Wrth groesi at y tŷ, fe ddilynodd yr hen ferlen ffel hi gan wthio'i ffroen dan ei chesail. Agor y glwyd, ond dyma fraich Gruff yn gafaelyd ynddi a'i thynnu'n ôl gam i syllu. Yno'r oedd llond y gwely o flodau coch a melyn.

"Dyna iti dyfiant, Marged!"

"Tyfiant?" chwarddodd y pymtheng mlwydd ar y trothwy. "A dim ond mewn pryd, Mam, wa'th neithiwr ddiwetha y plannodd Dat nhw!"

PROVENCE

ROEDD HI'N HAF ysblennydd, a Marged fel cath ym môn y clawdd, yn ymhyfrydu ddydd ar ôl dydd yn yr heulwen. Dyma hi eisoes yn Hydref, a chwap fe ddychwelai'r niwl a'r glaw diferol. Dyheai ers misoedd am gael ei thraed yn rhydd. Roedd breuddwydio am wyliau yn ei chadw i fynd o rod i rod, a'r gaeaf o'r herwydd gymaint â hynny yn fyrrach.

Dyna sut y cafodd hi ei hun yn y trên yn gwibio tuag Orange yn Ne Ffrainc. Cododd dieithryn ei ches, chwarae teg iddo, i'r rhastal heb ei gymell. Eisteddodd hithau a throi i edrych pwy oedd gyda hi yn yr un cerbyd: dau deithiwr graenus yn wynebu'i gilydd ger y ffenestr a theulu gwerinol o dri. Roedd gwallt yr hen wraig wedi britho ac wedi'i dynnu'n dynn ar ei chorun bob bore ers blynyddoedd nes iddo dyfu'n denau a difywyd. Dilewys oedd ei ffrog a dihosan ei choesau. Nid oedd yn ei du; wrth ei hochr eisteddai'i gŵr gwritgoch yn ei las tywyll a sandalau am ei draed. Fflachiodd yr eneth fach wên sydyn ati. Roedd blows syber wen ag ysmotiau gleision amdani, a chlwt o odre felen, ie glas bach y wal o eneth. Beth allai'i hoedran fod hefyd? Rhyw chwe blwydd oed efallai.

Yn ddisymwth fe gydiodd yr hen wraig yn egr yn yr eneth, a'i hysgwyd yn ddidrugaredd. Shwfflodd ei gwallt hi nes ei fod yn ffluwch anniben am ei phen. Daliodd Marged ei hanadl, a gwelodd y fechan yn cnoi'i gwefus. Sylwodd ar ei hewinedd, wedi'u cnoi'n gwta hyd at y byw. Disgwyliai i'r hen ŵr gamu ymlaen rhwng y ddwy, ond gwelodd fod ofn yn llercian yn ei lygaid marwaidd, ofn llefaru gormod rhag tramgwyddo'i wraig: rhaid bod tymer wyllt ar gebyst yn hon. Dal ati i edliw a wnâi'r hen wraig:

"Ddwedais i ddim wrthyt ti am beidio? A dyma ti'n dechrau eto."

Ac yn ei llid, gafaelodd â'i dwy law galed ym mhen yr eneth, a'i bwnio yn erbyn pared y cerbyd. Yna rhoes gic sydyn iddi. Syllodd François yn apelgar ac yn fud ar y ddau ddieithryn. Dyn dywedwst fu ef erioed, a gwaith caled oedd cael gair o'i enau, rheitiach ei gael i ddatgan ei farn ar un o bynciau llosg y gymuned. Gwaetha'r modd ni allodd erioed amlygu'i deimladau cudd i neb, hyd yn oed i'w gymdogion. Roedd yn awr yn gwbl ddiymadferth, waeth ni fynnen nhw, y dieithriaid, ymyrryd.

"Taw piau hi" a "Cadwch eich trwyn yn lân" oedd eu harwyddair hwy. Beth gwell gofyn am helynt? Ym mhen Marged, atseiniai geiriau gwraig sidêt:

"U buthneth nhw yw e.

U buthneth nhw yw e"

yn sŵn loncian y trên ar ei fil olwynion wrth dyrchu drwy fforestydd pîn y gwastadeddau. Daliai Marged i fod yn y niwl, y tawelwch yn annioddefol, a neb yn esbonio dim. Dal i sugno'i bawd a wnâi'r eneth, ei sugno hyd at y bôn.

Aeth y wraig i sefyll yn y coridor, ac agorodd y ffenestr led y pen. Rhonciai'r trên tua Lyon, ond roedd Marged wedi colli'i diddordeb yn y golygfeydd gan mor filain y'i cynhyrfwyd hi.

"Gaewch chi'r ffenest yna, *Madame*? Mae drafft cynddeiriog yn chwythu i mewn i'r gornel yma."

O'i chof yr oedd o weld erlid y fechan; dyna pam y'i corddwyd i achwyn am y drafft. Cynigiodd deisen fêl i'r eneth, ond siglo'i phen a wnaeth hi. Ni feiddiai symud o'r fan. Yn dawel fach, plygodd François ei chot, ond doedd ei wraig yn colli dim. Trodd ei phen o'r gwydr.

"Mae hi'n ddigon hen i drefnu'i phethau'i hunan, François". O'r diwedd cafodd hanner banana gan y wraig. Wedi iddi droi'i chefn a cherdded i lawr y coridor, estynnodd yr eneth ymlaen ato, plethu'i dwylo am ei wddf a phlannu cusan ar ei rudd.

(2) Bu'n rhaid i Marged aros tan yr haf wedyn cyn cael y stori i gyd, pan ddychwelodd i Tarascon ger Avignon, ac aros yn yr un llety â chynt. Daeth y forwyn ati un diwrnod cyn cinio, a gofyn:

"Ych chi ar eich pen eich hunan, *Madame*? Fyddai hi ddim yn ddifyrrach i chi rannu bord, gwedwch? Mae yma ferch ifanc o Manosque ar ei phen ei hunan. Mae hi'n ymddangos mor drist, a rwyn sicr y byddai siarad â chi yn ei sirioli gryn dipyn."

Felly y cwrddodd Marged â Clarice am y tro cyntaf, a threulio cryn amser yn ei chwmni.

"Do, mi adawais dyddyn tlodaidd yn rhieni ger Manosque," meddai un noson, "i chwilio am waith ym Marseille. Wyth mlynedd yn ôl oedd hi. Bu'n rhaid i fi adael cefen gwlad i ennill yn nhamaid. Prin oedd yn ffrancs i, ond mi gefais gyfeiriad cwfaint lle y cawn aros gyda'r lleianod nes i fi ddod i ben y nhraed."

Un noson wrth syllu arni, a'r machlud yn goleuo'r ystafell, dywedodd Marged:

"Gallwn daeru mod i wedi'ch gweld chi o'r blaen, Clarice, ac eto nid chi oedd hi. Rych chi'n f'atgoffa i o rywun – merch fach tua phum neu chwe blwydd oed. Ar y trên i Orange y llynedd y'i gwelais hi, yr un wên a'r un gwallt sidan."

"Mae'n rhaid mai Mélanie sydd 'da chi. Y merch i yw hi. A oedd hen ŵr a hen wraig gyda hi ar y pryd? Rown i'n meddwl! Hoffech chi glywed peth o'r hanes?" Amneidiodd arni, ac ailafaelodd yn ei stori:

"Wedi tawelwch y wlad, roedd hwrli bwrli strydoedd diderfyn porthladd enfawr yn ddigon i'm byddaru i. Chwiliais tua chanol y ddinas ac yng nghyffiniau'r cei am y cwfaint, ond mi drois i yn ôl wedi syrffedu'n llwyr. Er mor anfoddog oeddwn, bu'n rhaid i fi ofyn am gyfarwyddyd.

'Mi af â chi yno,' meddai'r Moroccan tal gwinau. Fe'm holodd i am ba hyd y bwriadwn aros yn y cyffinie, a oedd cyfeillion gen i yn cydgerdded, a beth oeddwn yn ei wneud mewn tref mor fawr â Marseille ar y mhen yn hunan.

'Y ffordd hon,' meddai yn fuan, gan droi i lawr drang unig rhwng ystordai uchel.

'Rwyn gyfarwydd â'r ardal hon; yn ei hadnabod fel cleder yn llaw' meddai, gan roi'i fraich amdanaf i'm tynnu i ato wrth fynd drwy agen gul. At ddrws di-nod, canu'r gloch ac i mewn ag ef.

'Dewch, fe fydd y chwaer Anna yma ar ei hunion,' meddai. Roeddwn i wedi arfer ymddiried ym mhobol y mro.

'Eisteddwch,' meddai, ac eisteddais ar gornel cadair. Eisteddodd yntau, gan syllu'n ymchwilgar arna i o mhen hyd at y nhraed. Dan ei drem mi anesmwythais. Onid oedd *maman* wedi pregethu droeon i mi ddrwgdybio dieithriaid? Codais dan fwmial y deuwn yn ôl rywbryd mwy cyfleus.

'Mae hi'n gyfleus yn awr,' meddai'r Moroccan, 'yn fendigedig o gyfleus,' gan y nhynnu i ato ar y difán.

'Paid â dychryn, lodes,' wrth oglais yn

chwareus fôn y mraich i a'r pannwl ar y ngrudd.

'Ond cofia, nid yn Provence wledig yr wyt ti yn awr; waeth i ti ddysgu yn hwyr na hwyrach. Heddiw piau hi.'

Fe'm gwasgodd i yn ôl ar y clustogau fel na allwn syflyd fodfedd, a'm treisio i gyda holl rym ei gorff cyhyrog. Wyddwn i ddim ble i edrych. Ceisiais godi ar yn eistedd, ond y ngwthio'n ôl yn ddiseremoni a wnaeth.

'Paid â gwylltu; fe gei di gwpanaid o goffi cryf yn y man, i ddod â thi atat dy hunan.'

Serch hynny, fynnwn i ddim ymdroi. Baglais oddi yno heb aros i dwtian y ngwallt i a'm gwisg.

'Ehed, ehed, y faeden fach, ond wys yn y byd na ddalia i ti eto ar dy dro,' a chan dynnu mwgyn o'i sigâr gref ddrewllyd, fe ymestynnodd yn hamddenol ar ei lwth, ei ben yn pwyso'n ôl rhwng y clustoge a'i lygaid yn lled gaeëdig. Gallwn ddarllen ei feddwl smyg: doedd dim rhaid iddo ef redeg ar eu hole, o na!"

"Druan fach! Y fath brofiad dychrynllyd!" meddai Marged, gan gydio'n dyner yn ei llaw.

"Ond caled fel callestr oedd calon mam pan ddaeth hi i wybod.

'Byddai'n well pe byddai llai o ofon bleiddiaid y Pyreneau arnat ti, a mwy o ofon y Cŵn Duon nwydus sy'n crwydro strydoedd Marseille,' meddai un diwrnod. Fel llawer i wraig arall a arhosodd oddi mewn i sicrwydd ei chartref heb fentro ymhellach na'r farchnad leol, dideimlad a diddychymyg oedd hi.

'Dyna lle y maen nhw yn gyrru yn eu ceir fel locustiaid. Wel mae un peth yn sicr: chei di ddim aros yma i ddifwyno enw da y teulu Paillet. Rhaid i ti dalu dy ffordd dy hun. Cer i gyffesu at ryw gyw o Bab ar dy union, ac yna, gan taw ym Marseille y digwyddodd y budreddi, gofyn ymhle yno y gall hwren fel ti, yn dy ofal, fynd i eni'r plentyn. Fe fydd hi'n gyfyng i gael bwyd i ddodi yn ei geg e. Dwyt ti ddim yn meddwl, gwed, bod gormod o blant yn sgrechen am fwyd fel y mae hi? Ond efallai y daw e rywbryd i ofalu am y tyddyn pan fydd dy dad wedi mynd yn rhy glunpinnedd ac yn rhy fusgrell.' Druan o dada, heb yr un *sou* idd i enw, heb hyd yn oed erw o dir Provence y gall honni mai ef a'i piau: dim ond ei ddwylo gonest a'i galon dyner i gynnal ei deulu. Dyw e ddim yn gofyn am lawer. Gwerinwr i'r carn, a'i uchelgais yw dod yn berchen ar ddarn o ddaear Provence i dyfu *aubergines* a grawnwin ac olewydd, a chael marchnad dda idd i gynhaeaf. Breuddwydia am gael mynd â'i gynnyrch i'r farchnad, a *maman* yn ei bonet a'i *sabots* yn eistedd o'i ôl, yn wynebu'r ffordd a dramwywyd eisoes. Ar ambell ŵyl, caiff chwarae *pétanque* yn y lôn goed gyda'r hwyr – pan gaiff lonydd 'da mam. Bydd gyda hi bob amser fynych jobyn ar ei gyfer e pa adeg bynnag o'r dydd y bydd hi.

O'r cychwyn cyntaf roeddwn yn casáu porthladd Marseille, ei phoblogaeth brysur yn gwau drwy'i gilydd, y llanciau ar wib gwyllt yn torri llwybr cul rhwng y ceir ar eu beicie modur, marsiandwyr yn sgrechian yn uchel, nerth eu cege, ac yn enwedig ei morwyr ffri a gred mai anifail i'w dofi yw pob merch dan ei phymtheng mlwydd ar hugain. Dyhewn am gael aros ar y tyddyn gartref, ond fel y dywedais yn barod, fynnai hi ddim clywed am hynny am y byd.

'Dyw'r tyddyn ddim yn mynd i'n cynnal ni i gyd. Gad di dy blentyn siawns yma, a glŷn wrth dy waith. Fe fydd hi'n dda i ni wrth y ffrancs y gelli di eu gyrru adre'."

Troi a throsi fu hanes Marged drwy'r nos, y digwyddiadau'n chwyrnellu yn ddi-baid yn ei phen, a hithau'n ceisio arafu'r rhibidirês wrth estyn at bob manylyn yn ei dro.

(3) Un nos Sadwrn wedi geni Mélanie, a Clarice wedi mynd â hi i Lagnerose, tyddyn ei rhieni, i'w magu gan yr hen wraig, ei mam, safai'n wag ac yn ddiamcan rhwng dau feddwl ar gornel stryd yn Avignon pan ddaeth menyw dal ati gyda sypyn o bapurau a chynnig un iddi.

"Dych chi ddim yn gwybod ble i fynd heno, ydych chi, merch i? Ddewch chi gyda fi i'n heglwys ni yn y pant? Dewch, wir; fe fyddwn ni i gyd yn falch o'ch gweld chi. Bydd y gwasanaeth yn dechre ymhen hanner awr."

Ymlwybrodd y ddwy trwy dorf drwchus, yna i mewn trwy ddrws golau. Aeth y fenyw â hi i ystafell fach.

"O René," meddai, "Rwy wedi dod yn ôl â Clarice gyda fi. Merch o *Haute Provence* yw hi, a rwyn siwr ei bod yn unig yn Marseille lle y mae'n lletya, ymhell oddi cartref."

"Iawn, Jeanne. Cer di ymlaen â'th baratoi. Mi gaf sgwrs fach â Clarice."

"Beth a'th yrrodd di yma i'r eglwys hon?" gofynnodd René wedyn.

"Dim, dim byd *monsieur*," meddai Clarice yn gloff.

"Cael y nghymell i ddod, a dim byd gwell i'w wneud."

"Mae llawer i'w wneud yma, Clarice. A ga i d'alw di'n Clarice? Galw di fi'n René, waeth ti a tithe yw hi yma. Rŷn ni i gyd ar yr un tir. Bydd y gwasanaeth yn dechre ymhen rhyw ddeng munud. Pam rwyt ti mor ofnus, dwed? Rwyt ti'n eistedd ar ymyl dy gadair. Ymlacia, ferch."

"Dwy i ddim yn gyfarwydd â'ch crefydd chi."

"Does dim rhaid i ti ofni. Mae Duw yn siarad â ni, a does dim rhaid i ti ond gweud y peth cyntaf sy'n dod i dy ben di. Dere, gad i ni fynd lan. Weli di'r adeilad hwn? Hen felin oedd yma cyn i ni ddechrau'i thrwsio."

"Rwyn hoff o'r rhedyn ar ben y grisie."

"Nyni sydd wedi gwneud y gwaith i gyd ein hunain," meddai René gyda thinc o falchder. Sylwodd Clarice ar ei wyneb gloyw, a theimlai y gallai wrando drwy'r nos ar y llais llithrig tyner.

Nid oedd yma bulpud, ac i ganol y cylch addolwyr y cerddodd Hélène, eu pregethwraig, yn ei sandalau a'i ffrog o liw lafant. Edrychodd o'i chwmpas, gan gyfarch hwn a'r llall.

"Oes rhywbeth yn dy boeni di, Bernard?"

gofynnodd i lanc difrifol ei wedd.

"Dyw ngwraig i a minne ddim yn cyd-dynnu ryw lawer fel y gwyddost ti. Fe aeth hi oddi ar ei hechel y bore ma."

"Do fe nawr? Ydy hi'n siarad â ti?"

"Ydy" surbwch!

"Wel, dal i siarad â hi, ngwas i, ac fe ddaw tro ar fyd, fe gei di weld. O dere, Bernard, pryd yr aethost ti ma's â hi am bryd o fwyd ddiwetha? Gwena, fachgen; fe fydd hynny'n codi calon dy wraig di.

Beth ddwedaist ti, Charlotte? O paid â siarad dwli, ferch. Gwrando di beth sydd da phobol i' ddweud, a chofia fod gweithredoedd bob amser yn gweud peth wmbredd mwy wrthym ni na chleber gwag."

Roedd graen ar ddillad chwaethus y gynulleidfa, a llawenydd yn gloywi wynebau'r mwyafrif. Yma roedd cylch cynnes cyfeillion: dim lle i wacter na diflastod, a theimlai Clarice ei bod wedi'i lapio'n wresog mewn siôl. Nid oedd hi'n unig yma.

"Ddoi di atom ni eto, Clarice?" holodd René wedi'r oedfa.

"Mae d'angen di arnom ni, wyddost ti, yma ac yn enwedig ym Marseille, i weithio ymhlith merched y stryd. Mae yna brobleme yn codi byth a hefyd mewn porthladd enfawr. Ail Gorinth yw hi. Ddoi di atom ni?"

Petrusodd Clarice cyn ateb, a sylwodd René ar ei gruddiau fel y lledai gwrid drostyn nhw. Synhwyrodd ei fod, yn ei frwdfrydedd, wedi gwneud cam gwag.

"Fe gawn ni weld", atebodd hi yn gloff. "Y tro nesaf mi hoffwn ddod â Mélanie gyda fi."

"A phwy yw Mélanie?"

"Y merch fach i"

"Rwyt ti'n briod felly?"

"Nac ydw."

Cododd y gwrid eilwaith i'w hwyneb wrth weld y dryswch yn ei lygaid.

"Ond cewch wybod yr hanes eto. Mae hi'n stori rhy hir a diflas i'w hadrodd yn awr yn awyrgylch hyfryd y cwrdd."

"Clyw, Clarice, bydd yn rhaid i fi fynd ar daith genhadu ddydd Mawrth. Ddoi di gyda fi? Mewn pare y byddwn ni'n cenhadu fel y gwyddost ti. Ddoi di? Fydd ddim rhaid i ti ddweud dim."

Wedi ymfodloni, ceisiai Clarice atal ei thraed rhag dawnsio ar hyd y pafin yn ôl i'w fflat. Cyn hyn tybiodd iddi golli'i hyfory, ac nad oedd achos ar ôl ganddi i ganu a llawenhau. Ond yn awr chwyrlïai sŵn yr emynau yn ei phen nes ymchwyddo'n orfoledd: y fath angerdd yn eu cân, a'r noson honno roedd tinc gobaith eto yn arial yn ei chalon.

(4) Dydd Mawrth a wawriodd o'r diwedd, diwrnod heulog, addas i Clarice wisgo'i ffrog felen y rhuthrodd i orffen ei gwnïo mewn pryd. Brysiodd i ddal y trên yn Marseille. Roedd René yno yn disgwyl amdani. Yn y trên eisteddodd hi ar bwys y ffenestr fel y gallai syllu ar y wlad.

"Wyt ti'n hiraethu o hyd am Manosque?"

gofynnodd René.

"Chredi di ddim gymaint , yn enwedig ers pan adawais i Mélanie. Does neb i siarad â fi yn Marseille – dim sgwrs â neb. Alli di ddim dirnad y teimlad nad wy i ddim yn bod o gwbwl i'r mwyafrif."

"Rhaid dy fod di'n unig drybeilig ac yn isel iawn i siarad fel hynna. Cofia di, Clarice, does neb ar ei ben ei hunan yn yr hen fyd yma; yn gorfforol efallai, ond ddim yn ysbrydol.

Wedi cyrraedd pentref di-nod, disgynnon nhw o'r trên, a dechrau mynd o ddrws i ddrws i genhadu. Tynnai René sgwrs rwydd â'r trigolion, gan gyfeirio at ddyfyniadau o'r Beibl. Gwrandawai'r gweddwon yn astud, a chyfrannen yn frwdfrydig at y sgwrs. Gadewsid llawer ohonyn nhw i fagu'u plantos yn nyddiau prinder, ar eu pennau eu hunain, wedi'r rhyfel erchyll a ladrataodd eu gwŷr o'u haelwydydd.

Ganol dydd ciliodd y bobl o'r strydoedd, a chlywyd aroglau cinio yn codi ar bob llaw. Ni allen nhw fynd at y drysau caeëdig wedi cinio tra câi'r bobl eu *siesta*. Dringodd Clarice a René feidr lethrog a arweiniai at Dentelles de Montmirail. Wedi rhyw filltir, clywyd nant glir yn rhuthro am waelod y dyffryn, a llanwodd ef y botel a ddaeth gydag ef. Codai arogl hyfryd o'r cloddiau, teim, dail saets a rhosmari, a chodai perarogl lafant o'r caeau a phîn o'r goedwig. Ar yr ochr dde roedd y caeau'n agored a gwinwydd yn doreithiog. Ar y bronnydd treiddiai trydar y *cigale* a hawliai wacter y creigle yn y gwres llethol. Fel y dringen nhw o lawr y dyffryn ar i fyny, âi'r planwydd yn brinnach.

Arafodd Clarice ei cham i anadlu o bersawr y greadigaeth.

"Gad i ni gael hoe" ebe René, ac eisteddodd y ddau yn y cysgod i fwyta'u *casse-croûte*.

"Chaf i ddim cystal cyfle â hyn eto," meddyliodd Clarice, a dechreuodd adrodd hanes y treisio iddo. Roedd yn amlwg fod René wedi'i gyffroi. Ni wyddai Clarice ble i guddio'i hwyneb, ac arafodd ei geiriau. Ond cydiodd

René yn ei hysgwyddau a'i thynnu ato'n dyner, a gwyddai hithau nad iddi hi y cywilydd a'r euogrwydd a ddaeth i'w rhan pan oedd fawr hŷn na phlentyn ar y pryd.

"Does dim lle i neb dy gyhuddo di, Clarice fach. Rhaid i ti yn awr anghofio'r cwbl, ond ac eithrio yn dy dosturi at ferched adfydus eraill, a cheisio ailafael yn dy fywyd."

Gwlychodd ei fwffler yn y nant, a golchodd ei hwyneb nes i'r hen hoen dywynnu drwodd drachefn.

(5) Un Sadwrn eto pan oedd hi'n rhydd o waith y caffe, fe frysiai Clarice heibio i'r *Vieux Port* a'i gychod hwyliau glas a choch dwfn y gwin, heibio i'r gwerthwr pysgod, heibio i'r naill gaffe bychan ar ôl y llall â sawr eu *bouillabaisse* yn lledu dros y trothwy, a'i gwneud hi am yr orsaf. Safodd dan y cloc ac edrych i lawr y grisiau gwynion ar y stryd fawr. Roedd gwacter yn crafangu am ei chalon, a syched maith am weld ei 'chwaer fach' a gyrhaeddai yn y man.

Pan sgrialodd y trên i mewn, fe welodd Mélanie â chadach melyn am ei gwallt yn rhedeg tuag ati.

"Fe ddoist ti o'r diwedd, chwaer fach! Rwyt ti'n edrych yn llwyd," a'i gwasgu at ei bron.

"Sut mae *maman,* Mélanie?"

"Mae *maman* yn wylo nos a dydd, Clarice, wedi marw tada."

"Ond welodd hi ddim erioed ei golli cyn hyn, Mélanie. Druan â ni'n dwy wedi colli tada. Dere nghariad i, mae rhywun am dy weld di: hen ffrind i fi".

Tywysodd Clarice ei merch i gaffe gerllaw, a chododd René o'i gornel i gwrdd â nhw.

"A dyma Mélanie," meddai gan syllu i wyneb y plentyn.

"Ond pam rwyt ti yn dy ddu heddiw, Clarice?"

"Tada sydd wedi marw."

"Wyddwn i ddim, Clarice. Wyddwn i ddim! Pam na f'aset ti wedi rhoi gwybod i fi?"

Syllodd hi i ddyfnder dwys ei lygaid fioled. Wedi byw cyhyd heb ddisgwyl cydymdeimlad, fe ymlapiai yn awr yng nghlydwch ei eiriau cysurlon.

"Dere yma, Mélanie, i fi gael dy weld di. René yw'n enw i. Beth wyt ti'n ei feddwl o Marseille, gwed? Ond rhaid i ni roi cyfle i ti weld y dref yn gyntaf. Beth am i ni'n tri fynd am dro o gwmpas y lle?"

"Mae'n well da fi'r wlad na'r dref. Ond mi hoffwn i weld y cei a'r farchnad flode."

Mynnodd René dalu am eu cinio. Ymdroi ar y cei yn y prynhawn, a sugno o ogoniant yr olygfa wrth ei chymharu â bordydd peintio'r arlunwyr a ddarluniai sbloet y coch, y porffor, y glas, yr oren a melyn hyderus y mimosa: hinsawdd Môr y Canoldir ar ei danbeitiaf. Roedd Mélanie wedi dotio ar y gwylanod yn plymio am y pysgod ar fwrdd y badau. Yna mynd i'r gerddi i weld ysblander lliw'r hydref. Prin oedd y blodau a dyfai *maman* gartref; y llysiau a gâi'r lle anrhydeddus yno. Yn y farchnad fe brynodd René dwffyn o ffarwel haf i Mélanie – ei thusw cyntaf. Wrth weld ei llawenydd, gwahoddodd Clarice ef yn ôl am gwpanaid. Wedi te, roedd y fechan wedi hen flino. Mor boeth ei thraed wedi'r holl gerdded ar y pafin, ac yr oedd hi'n falch o gael mynd i'r gwely'n gynnar.

Daeth hedd i lygaid Clarice wrth iddi suddo i'w chadair. Caeodd ei llygaid am funud neu ddwy yn y distawrwydd, yna agorodd hwy drachefn i syllu ar wyneb René.

"Mae'n wir flin 'da fi fod dy dad wedi ymadael â chi. Ond cofia, fe gaiff ei ryddid y tu draw i'r llen."

Ysbaid neu ddau o dawelwch.

"Mae heddiw wedi bod yn un o'm dyddiau dedwyddaf i. Pam na all pob diwrnod fod fel hyn? Ddoi di ata i yn gymar bywyd, Clarice? Ddoi di?"

"Paradwys fyddai priodi â'r gŵr hwn," meddyliai Clarice. Serch hynny ei gwefusau a lefarai yr hyn a flinai'i chydwybod:

"Diolch, René. Ond dim am dipyn eto. Mae Mélanie'n ifanc a rwyn edrych ymlaen at ei chodi. Rhyfedd o wraig yw mam i. Gall garu rhywun yn angerddol a rhywbryd arall gasáu'r un person â chas enbyd. Mae'r groten wedi cael ei chlatsio a'i chicio cyn hyn, a hynny am edrych ma's trwy ffenest agored trên. Mae mam yn mynd yn fwy clunhercog bob gaeaf, ac yn ffwndro cryn dipyn erbyn hyn. Serch hynny, er garwed ei thafod a'i hymarweddiad, hyhi yw'r un a'm magodd i. A hithau mewn gwth o oedran, rhaid i fi ddychwelyd i Lagnerose, o achos er y dydd y bu farw tada, arna i y maen nhw'n dibynnu."

"Rwyt ti wedi dioddef yn hir, yn rhy hir o lawer, Clarice. Mi hoffwn i ofalu amdanat ti a'th deulu."

"Diolch i ti, René, ond dwy i ddim am fanteisio ar dy galon hael di."

Oddi allan fe glywid y tonnau yn lapio'r graean. Ond yn Aix-les-Bains yr oedd meddwl René y funud honno.

"Dywedodd Lamartine wrth ei gariad, Elvire, pan oedd yn rhwyfo ar y llyn gyda hi:

'Laissez-nous savourer les rapides délices
Des plus beaux de nos jours.'
– Gadewch i ni brofi hyfrydwch chwim
Yr harddaf o'n dyddiau ni.

Serch hynny, mae'n werth aros am y pethau parhaol. Mae yfory'n bod, ac mi arhosa i amdanat ti."

Roedd ei wyneb mynachaidd yn tywynnu gwên arni.

"Mae yna ambell i ferch sy'n werth aros amdani," sibrydodd, a'i amynedd yng nghrygni'i lais.

"Ddoi di i'n gweld ni yn Manosque, René?"

"Oes raid i ti ofyn, Clarice? Ollyngaf i mo ngafael fe gei di weld," meddai, gan gydio yn ei dwylo, a'i wefusau'n braidd gyffwrdd â'i sidan wallt, cyn iddo droi'n fyfyrgar at y drws.

A Clarice? Fe wyddai hi mor sicr â bod Duw yn y nefoedd, mai René fyddai'i chariad hi, nid am dri mis neu dair blynedd, ond tra byddai ynddi anadl. Ni allai byth byth garu neb arall tra byddai byw fel y carai hi René y funud honno.

Welodd Marged fyth mo Clarice eto, ond bob tro yr âi i Provence, chwiliai'i llygaid am Clarice a René, ac am las bach y wal o groten.

A'R FLWYDDYN HONNO...

ROEDD Y STRYD wedi distewi yn sŵn pistyllio glaw, ond doedd fawr o awydd noswylio ar Leisa. Fe orffennodd smwddio, a meddwl wedyn y câi gêm neu ddwy o wyddbwyll ar derfyn dydd. Heno eto roedd ei thad â'i ben yn ei blu, er iddo ddal i sugno peth cysur o'i hen bib bygddu. Tua deg o'r gloch aeth hi i'r gwely wedi noson ddigon dywedwst. Roedd heddiw wedi bod yn straen arni; meddwl byth a hefyd am y peth iawn i'w ddweud, ac yr oedd wedi llwyr flino.

Drwy'r dydd bu'i thad yn hel meddyliau. Pam aflwydd na sylweddolodd ef, Gruff, ynghynt mor baradwysaidd y bu'i lwybr hyd yn hyn? Marged ac yntau yn cydsyllu ar y boda uwch Nant Gwynnant, yn cydwledda ar bastai fwyar ym Medi, ac yn cydfwynhau afiaith y beirdd ar y teledu. Ond heno roedd mor unig. Diolch

141

bod Leisa gydag ef yn gwmni; ar yr un donfedd y buon nhw ill dau erioed. Am y meibion, roedden nhw wedi priodi ac yn awr yn byw'n ddigon pell ac annibynnol. Serch hynny, ni allai Gruff ddannod iddyn nhw. Oni fu yntau'n ddigon annibynnol ar ei rieni wedi iddo briodi?

Roedd bywyd wastad yn dychryn Marged. Sawl gwaith yr edliwiodd iddo am wrthod dod gyda hi a'r plant ar eu gwyliau? Beth pe digwyddai rhywbeth i un ohonyn nhw, ac yntau ymhell o gyrraedd? Yr unig bryd y teimlai'n dawel ei meddwl oedd pan fyddai'r plant ill pedwar yn eu gwelyau dan do, ac yntau wedi dychwelyd i glydwch y bwthyn bach o'i fynych grwydriadau. Gallai'r storm ruo a sgrialu faint a fynnai y pryd hynny; roedd ei byd yn glyd amdani fel gwrthban gwlanog.

Gallai Gruff gofio mor ddifyr y bu cyfnod eu magu nhw yn blant. Leisa fu'i ffefryn erioed. Wedi'i rhwymo'n gynnes yn fwtsen dew, fe'i cariai am filltiroedd dros y rhostir, gan ddangos iddi nyth ehedydd ar lawr, a gwrando ar ddolefain ysguthan. Weithiau cropiai ar ei liniau i ddangos iddi lwybr y cadno, a hithau ar ei gliniau yn ei ddilyn. Y tro hwnnw wedyn pan osododd hi'n gysurus rhwng y rhedyn, a'i siarsio i wylied y twll i'r ffau lle'r arferai cadnoid bychain chwarae. Yntau yn cilio i wylied y creaduriaid o fancyn uwchlaw. A phan ddychwelodd wedi hanner awr o wledd i naturiaethwr, ei chael hi, y plentyn pum mlwydd, yn cysgu'n drwm mewn nyth dryw o fangre, a'i llywethau cringoch ar y gwair yn ddigon i dwyllo'r hen lwynog yntau fod un o'i wehelyth yno'n chwarae cwato. Dychwelyd wedyn i'r bwthyn ac arogli'r wynwns yn ffrio, gwledd i rai fu ar eu cythlwng cyhyd. Ond câi Marged fwy o flas ar y stori am y gwyliwr bach yn cysgu yn y rhedyn a'r cenawon yn chwarae bron wrth ei thraed.

Cofiai Gruff fel yr arferai gael pleser o gario siocledi neu ambell floc o hufen iâ adref i'r teulu ar nos Wener. Dylan oedd y pysgotwr. Bu'n rhaid cadw Bet yr iâr am flynyddoedd fel y câi ef ei goch-a-bonddu'n gyson. Y fath hwyl pan ddaliwyd padellaid yn iawn o lyswennod, a'r rheiny'n cordeddu drwy'i gilydd. Llygadrythai Sienco'r gath ar Gruff yn eu blingo nhw. Roedd Delwyn mor eiddgar â'i efell pan ddodwyd tair modfedd o ddŵr yn y bosh i'r brithyll bywiog nofio o amgylch. Honno oedd y noson y pechodd eu mam yn ofnadwy pan gododd hi'r plwg, a'r unig frithyll yn dianc yn chwim gyda'r llif i lawr y bibell. Mor galonnog y chwarddodd Marged. Cydiodd yn y badell ffrio a ddisgwyliai ar y Rayburn, ei chwifio'n seremonïol drwy'r awyr a'i gwthio dan eu trwynau, yna gyda defod, agorodd flychaid o sardîns a gosod un pysgodyn pitw ar waelod pob plât helaeth.

Ond yn awr teimlai Gruff fel pe bai ffrwd arial ei galon wedi sychu'n hesb. Droeon gyda'r nos, codasai'i ben yn sydyn fel pe bai'n clywed sŵn traed ar lwybr yr ardd; yna syllu trwy'r ffenestr heb weld croeso'r gwanwyn yn ysgwyd yn y gwynt. Fel pe na bai'r gwacter yn ddigon o ddolur calon, fe godasai Carlo yntau'i ben ddwywaith neu dair, a thuthio at y drws, a'i obaith yn sigl ei gynffon.

"Dere di, dere ma Carlo, ngwas i. Ddaw hi ddim heno, wyst ti," a'r hen gi yn sefyll yn solet ar ei bedwar, gan syllu'n ddwys i lygaid ei feistr.

Ar eu ffordd i gwrdd â'u tad un tro, arhosodd y teulu yn Jersey am dridiau. Un bore yn blygeiniol, cododd Marged i ymarfer dipyn er mwyn ystwytho'i chorff, gan na châi'r cyfle na'r lle i wneud hynny gartref. Gorweddai'n llonydd ar y llawr gan geisio ymlacio, pan redodd Dylan ar ruthr gwyllt i'w hystafell. Un cip arni ar lawr ac fe gododd gwawch orffwyll o'i ysgyfaint bach nes tynnu ymwelwyr o'u hystafelloedd – am saith o'r gloch y bore.

Tyngodd Marged y pryd hynny na wnâi hi byth ymarfer eto. Druan o Dylan yn awr. Roedd colli'i fam yn ffaith oer, fel gwynegon yn crebachu'i feddwl a'i galon. Ni châi rannu'i freuddwydion a'i ddyheadau â hi byth mwy.

Delwyn oedd y ffermwr a chrwydryn heb ei

fath. Ef oedd piau pob cae ac erw o dir yn y gymdogaeth, er difyrrwch i ffermwyr yr ardal. Un diwrnod fe ruthrodd hychod a'u perchyll gwynion sgrechgar i'r cae gerllaw'r tŷ. Cododd sgrechiadau argyfyngus, a chanfuwyd y ffarmwr bach wedi'i barlysu mewn cornel, heb allu symud na llaw na throed. Pan welodd ei fam yn dynesu, dechreuodd facio wysg ei gefn tuag ati. Bloeddiai'r truan yn uwch hyd yn oed na gwichiadau'r genfaint o foch, heb gymaint â mentro tynnu'i lygaid oddi ar yr hychod a'u perchyll. Gallai Gruff glywed llais Marged yn dweud:

"Dere o 'na ngwas i; chaiff yr hen hychod na mo dy lowcio di", wrth ei godi yn ei breichiau a gwasgu'i ben crychiog at ei hysgwydd.

Plentyn ei fam fu Delwyn. Câi ryddid i ddilyn ei anian. Ond un tro aeth yn rhy bell. Roedd wrth ei fodd yn cynnu tân. Un Hydref sych fe gynnodd y rhedyn, ac aeth y diffeithwch gerllaw yn wenfflam. Rhedodd y bychan yn wyllt i chwilio am ei fam, a rhoddodd hithau raw iddo, gan redeg â phâl ar ei ôl. Cafwyd y tân dan reolaeth, ond nid cyn i'r ddau droi'n lowyr di-raen, myglyd, a bu'n rhaid rhybuddio'r cymdogion rhag i'r gwynt ail gynhyrfu'r fflam. Fe arhosodd yr aroglau mwg yn hir yn ffroenau Gruff.

Bu colli'i fam yn ergyd i Delwyn yntau. Ni fyddai hi yno mwyach i'w dynnu o bob trybini. Mor barod y bu hi i'w weld e'n llwyddo – rhyfeddu at y cynhaeaf a synnu at ei drugareddau yn y sied yng ngwaelod yr ardd. Marged a gymhellodd Delwyn i brynu'r anifeiliaid yn y man cyntaf, y geifr, Caradog y crwban a'r ffured. Roedd yn braf, meddai hi, i blant gael eu magu'n agos at y pridd. Doedd hi ddim am i'w phlant dyfu'n soffistigedig, ond yn hytrach yn glòs at natur. Nid iddi hi fywyd annaturiol y trefi, a chondemniai hunanhyder gormodol llanciau a llancesi'r dref. Hyfryd gweld gwyleidd-dra plantos y wlad, a'u gwreiddioldeb cwbl naturiol. Doedd dim dwywaith i Marged fagu'i phlant gyda'r gofal mwyaf. Cadwai'r amrywiol anifeiliaid ddiddordeb y plant, ac o ganlyniad eu cadw rhag helbulon tra oedd Gruff yn pwyllgora oddi cartref.

Pa bryd bynnag y cyrhaeddai Gruff adref ar awr annisgwyl, câi lond gwlad o groeso gan ei wraig. Rhuthrai i baratoi pryd twym iddo mewn chwinciad. Byddai'n rhaid i Leisa ar y llaw arall bob amser orffen ei hobi'i hun, doed a ddêl, cyn y symudai hi na llaw na throed i weld pa gig oer oedd yn yr oergell, ac yna ei sglodion seimllyd tragwyddol! Popeth yn ei bryd iddi hi; fe allai'r byd aros ei dro. Un chwim oedd y ferch; am ei mam, os rhywbeth, y ffordd anhawsaf, y ffordd drafferthus a gymerai hi bob tro. Trosglwyddo i'w phlant y gwerthoedd gorau'n bod oedd ei chonsyrn hi. Serch hynny, wnâi ef ddim cwyno bellach. Roedd Leisa'n gysur iddo, er na ddeuai i esgidiau'i mam. Y presennol oedd yn bwysig i'r ferch; doedd dim gweld ynddi hi. I'r fam, y dyfodol oedd popeth – neu ai parhad fyddai yfory o ymdrechion ei hynafiaid ddoe a'i llafur hithau heddiw? I wragedd y genhedlaeth hon, trafferth oedd magu plant, ond soniai Marged rywbeth am y rhwymyn tragwyddol, am ffrydlif ddoe yn cael ei drosglwyddo i fogail y baban diymadferth, ein gobaith i'r dyfodol, a phob geni yn gyfle arall i osod sylfaen gadarnach i'n gwareiddiad.

Edrychodd Gruff ar Carlo a syllai arno'n ddwys â'i ben ar ei esgid. Tynnodd ei law yn araf ar hyd ei gefn. Cofiodd am ei freuddwyd fyw neithiwr. Do, fe'i gwelodd hi, Marged yn eistedd yn syth yn ei chadair, yn ôl ei harfer. Cafodd deimlad braf o'i gweld wrth erchwyn ei wely. Doedd ei hwyneb hi ddim yn grychiog mwyach. Er syndod, syllodd ar wawr binc rhosod gwyllt ei gruddiau. Tybiasai ei bod wedi marw, ond yno yr oedd hi, cyn sicred â bod Duw yn ei nefoedd, yn gwasgu'i law. Roedd hi'n fyw, wrth ei ochr, yn dal i feddwl amdano. Gallodd gysgu fel plentyn wedyn drwy gydol y nos.

Wrth gofio'r profiad, cododd Gruffudd,

cerddodd at y silff lyfrau a thynnodd Feibl
Mawr ei deulu i lawr. Chwiliodd am yr inc –
ble'r oedd Marged wedi'i ddodi ddiwethaf? –
yna ei sgrifbin, a sgrifennodd yn ôl defod ei
hynafiaid, yn bwyllog:

"MAI 13, 1980
A'r flwyddyn honno y bu farw Marged."

**boechen,
boechain** llefain, ochneidio, udo

bopa llfrd anwes ar fodryb, hen
wraig – ar lafar o hyd yn
Morgannwg

bosh sinc

bwtsn merch fach ifanc, gron

carco gofalu, bod yn ofalus am,
gwarchod, gwylio dros

cewe cewynnau, cadachau babau

cintachu achwyn, grwgnach, cf.
crinachu

clunpinnedd cloff a musgrell,
climpynnaidd

cnotyn cnot, gwely gardd, gwely
bychan o flodau (ac ati),
cnotyn cerrin, cnotyn
wiwns

GEIRFA DAFODIEITHOL

boechen, llefain, ochneidio, udo
boechain

bopa ffurf anwes ar fodryb, hen
wraig – ar lafar o hyd ym
Morgannwg

bosh sinc

bwtsen merch fach ifanc, gron

carco gofalu, bod yn ofalus am,
gwarchod, gwylio dros

cewe cewynnau, cadachau baban

cintachu achwyn, grwgnach, cf.
crintachu

clunpinnedd cloff a musgrell,
climpynnaidd

cnotyn cnot, gwely gardd, gwely
bychan o flodau (ac ati),
cnotyn cennin, cnotyn
winwns

croten	geneth ifanc, hogen, llances, rhoces
crwtyn	bachgen neu laslanc, hogyn
cryts	llu. crwt
chwalpen	mawr iawn, anferth
diwedwst	dywedwst, tawedog, tawel, di-ddweud, distaw, di-sgwrs
glas bach y wal	aderyn bach glas a melyn, titw tomos las
godre	rhan isaf gwisg, gwaelod dilledyn, sgert
helcyd	helgud, chwilio am, cyrchu, hercyd, ymofyn
hogl	hongl, clamp o dŷ
hwrwch	hwriwch, ail bers. llu. gorch. berf ddiffygiol (hwre = ail bers. un. gorch.) dyma i chi, cymerwch hwn, derbyniwch hwn

idd'i giddyl	i'w gilydd, (yr l a'r dd wedi newid lle)
lo's	loes, gloes, dolur, poen
llabwst	rhywbeth mawr neu hir, clobyn, clamp, rhywun trwsgl neu anfoesgar
llowcio	traflyncu, llyncu'n wancus
mwstra	ail bers. un. y ferf mwstro (o'r enw mwstwr = stŵr, sŵn, twrw), mynd ati, brysio, ei siapo hi
nag ynddo	"than he for his part"
yntau	cf. chwithau – "you on your part"
pae	cyflog (Saes. "pay")
penddaru	mynd yn benfeddw, cael y bendro, mynd yn llesg
rhwto	rhwbio
sgilps	cudynnau (o wallt) difywyd

stryffaglan	ymdrechu, ymegnïo, ceisio'n galed (Saes. "strive")
swmera–seguro	ymdroi, tindori, sefyllian
tolach	anwylo, anwesu, maldodi
trafô	llafur, gwaith caled (cf. Ffr. "travaux")
ymhŵedd	ymbil, erfyn, crefu
"Edlych alni'n tloi lownd, glwt"	Edrych arni'n troi rownd, grwt"
"Mae hi'n bwlw eila."	Mae hi'n bwrw eira
Dlych Dat,wîl nawl"	Edrych Dat, wir nawr

Geiriau Tramor

aimable   dymunol, caredig, hawddgar, serchus, serchog, hynaws

apéritif   diod alcoholaidd i fagu archwaeth cyn pryd o fwyd

aubergine   planhigyn wy

casse-croûte   byrbryd, snac

cigale   pryfyn sy'n gyffredin yn Provence ac yn nodedig am ei byncio uchel

coypu   math o lygoden fawr sy'n debyg i'r llostlydan/afanc

fête   gŵyl, dydd gŵyl

garçon   gweinydd, gweinyddwr, gwas wrth y ford bwyd

gentil *(g.)/* **gentille** *(b.)*   dymunol, pert, caredig, hynaws, gwasanaethgar

mademoiselle	Miss
monsieur	Syr (ond nid yw'n arferol yn y Gymraeg fel yn y Saesneg)
nuance	ochr olau a chysgodol i fynegiant, gwahaniaeth ysgafn mewn ystyr yn yr oslef neu'r cywair
pétanque	gêm o chwarae bŵl (bowls) yn Ne Ffrainc
roulette	olwyn yn troi er mwyn hap chwarae
sabots	clocsau pren
salon	lolfa, parlwr
siesta	cyntun cynnar yn y prynhawn
"Voulez-vous avoir l'obligeance de vous asseoir?"	"Fyddech chi cystal ag eistedd i lawr?" neu "Wnewch chi eistedd?"

NEATH PORT TALBOT LIBRARY AND INFORMATION SERVICES

1		25		49		73	
2		26		50		74	
3		27		51		75	
4		28		52		76	
5		29		53		77	2/04
6		30	2/03	54		78	
7	9/05	31		55		79	
8		32		56		80	
9		33	7/01	57		81	
10		34		58		82	7/05
11		35		59		83	
12		36		60		84	
13		37		61		85	
14		38		62		86	
15	6/00	39		63		87	
16		40	3/02	64		88	
17		41		65		89	
18		42		66		90	
19	1/00	43	9/04	67		91	
20		44	6/03	68		92	
21		45		69		COMMUNITY SERVICES	
22		46		70			
23		47		71		NPT/111	
24		48		72			